W0031088

Ein englischer Journalist besucht Josefa in Wien, im Jahre 1861. Er will ihr einige Fragen stellen. Josefa wundert sich über sein Interesse, sie ist eine einfache Frau, verheiratet, hat vier Kinder. Aber sie ist auch die Stiefschwester des Komponisten Franz Schubert, hat ihn bis zu seinem Tod gepflegt, als sie dreizehn Jahre alt war. Aus Josefas Antworten wird schnell klar, wie wenig Ahnung der Journalist hat und wie taktlos manchmal seine Fragen sind. Vor allem jedoch entsteht ein einzigartiges, so liebevolles wie kenntnisreiches Porträt dieses besonderen Musikers und seiner Zeit. Von Ausflügen zum Prater bis zu den Schubertiaden, von Schuberts Freunden wie Franz von Schober oder Moritz von Schwind bis zu seiner schrecklichen Krankheit – durch Josefa erfahren wir, wie Schubert als Mensch war, wie er lebte, wen er liebte und wen er hasste. Wir erfahren, wieso nur er eine Musik schaffen konnte, die heute noch Menschen verstummen lässt.

Charles Chadwick, geboren 1932, hat bis 1992 als Mitarbeiter des British Council in verschiedenen afrikanischen Staaten, in Brasilien, Kanada und Polen gelebt. Mit 72 Jahren veröffentlichte er seinen ersten Roman, »Ein unauffälliger Mann«, an dem er knapp 30 Jahre lang schrieb und der großes Aufsehen erregte. Charles Chadwick lebt in London.

Charles Chadwick bei btb

Ein unauffälliger Mann (73912) Eine zufällige Begegnung (74142) Brief an Sally (74393) Die Frau, die zu viel fühlte (74937)

CHARLES
CHADWICK

JOSEFA

Ein Schubert-Roman

Aus dem Englischen
von Klaus Berr

btb

Der Titel des Originals lautet »Josefa«.

Verlagsgruppe Random House FSC® N001967
Das für dieses Buch verwendete FSC®-zertifizierte
Papier *Lux Cream* liefert Stora Enso, Finnland.

1. Auflage
Deutsche Erstausgabe
Genehmigte Taschenbuchausgabe November 2015
btb Verlag in der Verlagsgruppe Random House GmbH, München

Umschlaggestaltung: semper smile, München
Umschlagmotiv: Porträt des Komponisten Franz Schubert,
Wilhelm August Rieder, Mai 1825 © A. Dagli Orti/Getty Images
Satz: Uhl + Massopust, Aalen
Druck und Einband: GGP Media GmbH, Pößneck
CP · Herstellung: sc
Printed in Germany
ISBN 978-3-442-74986-7

www.btb-verlag.de
www.facebook.com/btbverlag
Besuchen Sie auch unseren LiteraturBlog www.transatlantik.de

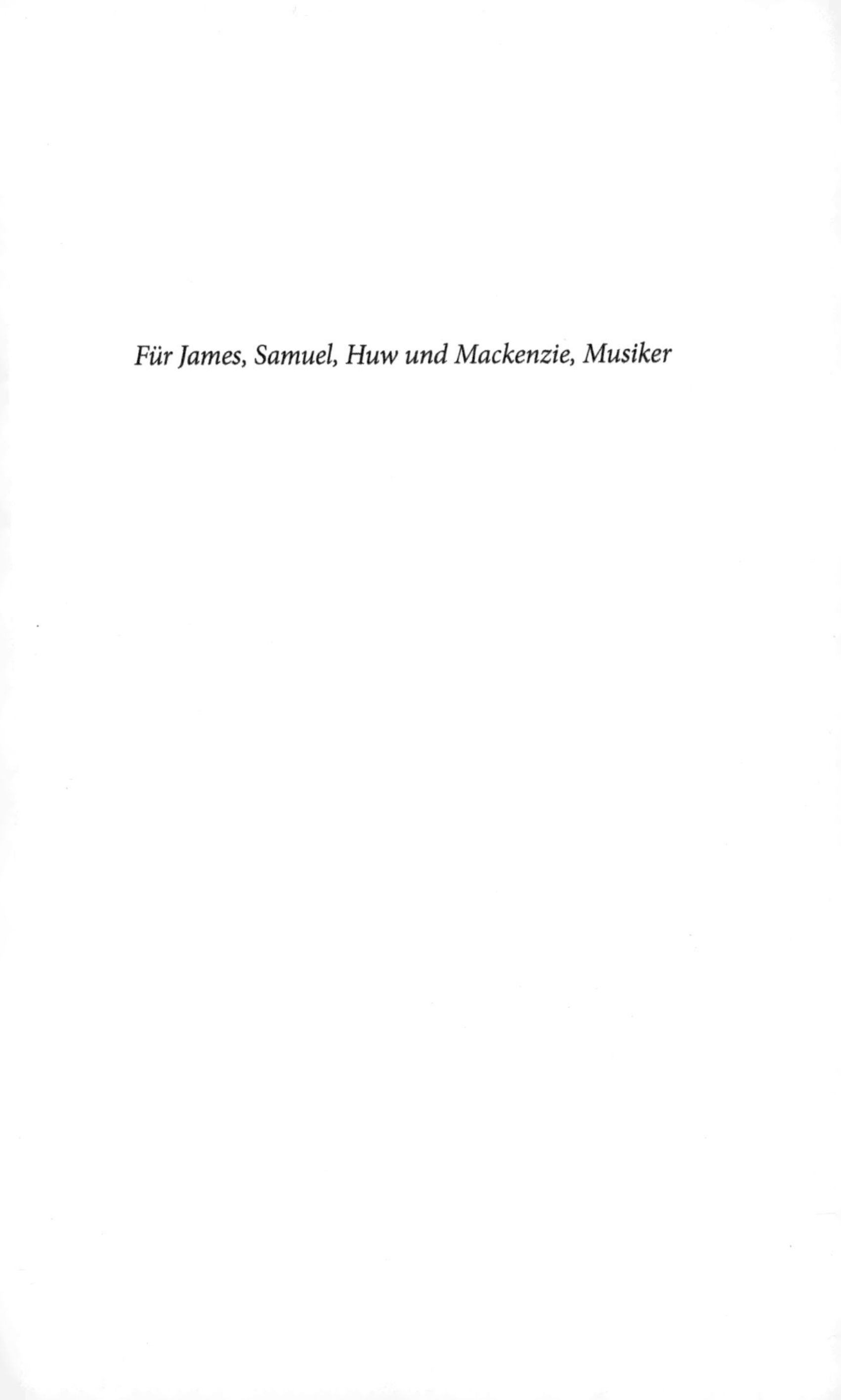

Für James, Samuel, Huw und Mackenzie, Musiker

Schubert ist das größte Geheimnis überhaupt.

Bernard Levin

Und Kinder wachsen auf mit tiefen Augen,
Die von nichts wissen, wachsen auf und sterben,
Und alle Menschen gehen ihre Wege …

Was frommts, dergleichen viel gesehen haben?
Und dennoch sagt der viel, der »Abend« sagt,
Ein Wort, daraus Tiefsinn und Trauer rinnt

Wie schwerer Honig aus den hohlen Waben.

Hugo von Hofmannsthal aus
Ballade des äußeren Lebens

Keiner, der den Schmerz des Andern, und Keiner, der die Freude des Andern versteht. Man glaubt immer, zu einander zu gehen, und man geht immer neben einander. O Qual für den, der dies erkannt!

Franz Schubert,
27. März 1824, aus dem
verschollenen Notizbuch

Es gibt überhaupt, außer der Schubert'schen, keine Musik, die so *psychologisch* merkwürdig wäre in dem *Ideen*gang und Verbindung und in den *scheinbar* logischen Sprüngen, und wie wenige haben so, wie er, eine einzige Individualität *einer* solchen unter sich verschiedenen *Masse von Tongemälden* aufdrücken können …

Robert Schumann an Friedrich Wieck, 6.11.1829

Schubert deckt einen weiteren Bereich von Gefühlen ab als jeder andere Komponist und die meisten anderen Künstler in jedem anderen Medium.

Robin Holloway

Mein Bruder sagte mir einmal, von allen musikalischen Vorlieben bedürfe die Liebe zu Schubert am wenigsten der Erklärung. Wenn man an sein qualvolles Leben denke und in seinem Werk nicht die geringste Spur davon entdecke, das völlige Fehlen jeglicher Bitterkeit in seiner Musik bemerke …

William Boyd in *Verklärte Nacht*

VORWORT

Als Schubert im Hause seines Bruders Ferdinand im November 1828 im Sterben lag, wurde er von Josef von Spaun besucht, den Otto Deutsch als den besten und edelsten aller seiner Freunde bezeichnete. Viele Jahre später, erst nach ihrem Tod im Mai 1861, erinnerte er sich: »Er war durch eine leibliche 13jährige Schwester, die er mir sehr lobte, auf das liebevollste gepflegt.« Das war Schuberts Halbschwester Josefa. Sie lebte bei ihrem Vater auf der anderen Seite Wiens, und da, zusätzlich zu Ferdinands großer Familie, eine Krankenschwester und ein Pfleger sich um Schubert kümmerten, war ihre Anwesenheit eigentlich nicht nötig.

Kurz vor ihrem Tod wird sie an elf aufeinanderfolgenden Vormittagen von einem englischen Journalisten besucht, der, auf Sir George Groves Anregung hin, hoffte, es könne sich eine erzählenswerte Geschichte ergeben, wenn er ein paar von Schuberts überlebenden Verwandten besuchte.

Die grundlegenden Daten und Fakten über Schuberts Leben, seine Freunde und seine Familie, sind im Anhang verzeichnet.

WIEN

Frühling 1861

I

Bitte nehmen Sie Platz, mein Herr ... Ja, Ihren Brief habe ich erhalten ... Haben Sie es bequem ...? Wie Sie vielleicht sehen, leben wir höchst bescheiden und haben nur schlichtes Mobiliar und kaum hübschen Zierrat ... Es sind schwere Zeiten, wie immer ... Sie sind weit gereist, und es ist mir eine große Ehre ...

Hier kommen meine Kinder, um sie zu begrüßen ... Pauline, sie ist zwölf, und Hermann, er ist elf ... Sie müssen zur Schule und werden uns nicht stören ... Mein Gemahl ist im Waisenhaus ... Wie mein erster Gemahl und Franzens Vater und Brüder ist er ein Schullehrer und hat sehr viel zu tun ... Meine Erstgeborene, Wilhelmine, wird in Bälde hier sein ...

Es war Herr George Grove, der vorgeschlagen hat ...? Nein, mein Herr, er ist mir nicht bekannt ... Ein Bibelgelehrter und Erbauer von Leuchttürmen, der außerdem ein Förderer der Musik ist ...? Dann ist sein Geist also sehr beschäftigt ... Da Sie für die Zeitungen schreiben, werden Sie mir viele Fragen stellen, und vielleicht kann es sein, dass ich einige nicht beantworten will ... Sie dürfen nicht vergessen, dass ich noch nicht einmal vierzehn Jahre alt war, als er starb, deshalb gibt es viel, wovon ich nichts weiß, und ich war ja auch nur seine Halbschwester … Eine Geschichte, sagen Sie, eine faszinierende Geschichte …?

Verzeihen Sie mir, dass ich kein Englisch spreche … Nein, mein Herr, ich höre sehr wohl, dass Ihr Deutsch höchst ausgezeichnet ist … Vor seinem Tod hatte mein Bruder Ferdinand vor, nach England zu reisen, aber woher hätten wir das Geld nehmen sollen …? Es war ein kalter, arger Winter, aber jetzt ist die Luft milder, und der Frühling kommt … Ihr englischer Regenschirm ist sehr hübsch … Auch hier in Wien haben wir feine Seide. Das weiß ich sehr gut, war der Vater meiner Mutter doch ein Seidenhändler …

Es freut mich sehr, mein Herr, dass es in England einige gibt, die seine Musik schätzen … Hier haben wir viele andere Komponisten, und nur wenige erinnern sich an ihn … In Wien gibt es viele Geschäfte und Zerstreuungen in Gärten und Palästen und Kirchen, es ist deshalb außerordentlich freundlich von Ihnen, dass Sie sich die Zeit nehmen … Ich weiß nicht, warum sie den alten Wall abgerissen haben und jetzt die Ringstraße mit vielen prächtigen Gebäuden erbauen … Solche Dinge geschehen für Prunk und Ruhm und nicht für die einfachen Menschen …

Einen Augenblick, mein Herr, und ich werde versuchen, mich zu erinnern … Ich will Ihnen nur noch schnell einen Kaffee holen und nach einer Auswahl unseres besten Wiener Gebäcks schicken …

Nun, wo soll ich beginnen …? Dort, am Ende …?

Als Franz in Ferdinands Haus im Sterben lag, half ich, ihn zu pflegen, und war oft allein mit ihm … Ja, er freute sich sehr, dass ich bei ihm war. Das sagte er Josef von Spaun, welcher der beste und edelste aller seiner Freunde war, wie es heißt … Vier Tage vor seinem Tod war es, dass Spaun ihn besuchen kam, und Franz sagte, dass ihm nichts fehlte, außer dass er sehr müde war und sich so schwer fühlte, als würde er gleich durch sein Bett fallen … Er brachte das Lied mit dem Titel *Ständchen* mit, damit Franz es korrigiere, und er blieb sehr lange. Und er sagte ihm, er werde wieder ein Konzert arrangieren, sobald es ihm besser ging, für sein neues Quintett und andere Stücke, und viele seiner Freunde würden ihm dabei helfen …

Es war Mitte November. Es schneite leicht, und Spaun erinnerte Franz an den Abend, als er und Hartmann und Schober und Schwind eine Schneeballschlacht machten und Spaun sich mit seinem Regenschirm schützte, und Franz lächelte und meinte, er hätte das sehr elegant gemacht … Und sie erinnerten sich an andere Gelegenheiten, als sie alle noch so glücklich miteinander gewesen waren. Aber bald darauf redeten sie wieder über das *Ständchen,* und ich ließ sie allein, um Ferdinands Frau mit dem Abwasch zu helfen …

Dann haben Sie also von Herrn Luib gehört, der ein Buch über Franz schreiben will? Er stellt viele Fragen, die unnötig sind, und das tun bestimmt auch viele andere … Denn was bezwecken sie, als den Berühmten unvollkommen und *klein* zu machen, wie sie es selber sind, damit dadurch auch sie in Erinnerung bleiben …? Nein, mein Herr, Luib hat mich nichts gefragt und auch meine Mutter nicht, bevor sie starb … Das war letztes Jahr am 25. Januar ganz in der Frühe, und ich war allein mit ihr … Nein, Sie sind der Erste, der mich gefragt hat … Natürlich können Sie Ihren Freunden in England sagen, dass Sie Schuberts Schwester kennengelernt haben, wenn ihnen seine Musik alleine nicht genügt … Falls andere über ihn schreiben, nein, auch sie haben mich nicht besucht … Ich weiß es nicht, mein Herr … vielleicht wollen sie uns schonen, oder sie betrachten uns als nicht bedeutend genug …

Sicherlich wird Spaun sich nicht mehr daran erinnern, dass Franz sagte, wie gut ich ihn pflegte, als er starb. Als er ging, berührte er mich an der Wange und sagte: »Das ist also seine geliebte Pepi … Wie bezaubernd! Auch mich nennt er Pepi. Er spricht mit großer Zuneigung von dir und lobt dich sehr.« Er hatte mich schon einmal in seinem Haus gesehen, es aber anscheinend vergessen. Er sah, dass ich mir große Sorgen machte, und sagte mir, dass es Franz bald wieder besser gehen würde und dass es noch sehr viele Schubertiaden gäbe, zu denen er mich einladen würde … Aber ich sah in seinen Augen, dass er nicht daran glaubte, und eine Angst stieg mir in die Kehle, so dass ich ihm nicht anständig danken konnte …

Als ich in Franzens Zimmer zurückkam, war er eingeschlafen, und die Musik lag auf dem Boden, als hätte er sie weggeworfen. Ich legte sie deshalb auf den Tisch und half der Krankenschwester, seine Salbe und seine Arznei vorzubereiten … Ja, Spaun ist ein sehr guter Mann, er hat einige von Franzens Liedern an Goethe geschickt, weil er sie zu seinen Gedichten geschrieben hatte … Ich zucke die Achseln, mein Herr, weil Goethe sich als zu *berühmt* betrachtete und ihm nicht antwortete …

Nach Franzens Tod schrieb Spaun, dass er, von seinen Liedern abgesehen, Mozart oder Haydn nicht ebenbürtig wäre und einige neidisch wären und seine Kompositionen für zu geschwollen erachteten … Hätte ich ihn wiedergesehen, hätte ich ihm sehr freimütig gesagt, dass dies nicht die Worte eines treuen Freundes sind … Und Grillparzer schrieb auf Franzens Grabstein: »Die Tonkunst begrub hier einen reichen Besitz, aber noch viel schönere Hoffnungen.« Da mag sich mancher denken, dass es nicht genügte, was er schuf... Solche Leute wissen rein gar nichts... Das ist jetzt lange her, mehr als dreißig Jahre, und eines Tages wird die ganze Welt der Meinung sein, dass er jedem ebenbürtig ist... Sie sind sehr freundlich, mein Herr, aber noch ist das nicht der Fall... Auch hier in Wien nicht... Aber was kann ich zu solchen Sachen sagen, die ich doch nur eine Ehefrau und Mutter und Handarbeitslehrerin bin...? Mama hat gesagt, falls Herr Luib oder andere uns nach ihm fragen sollten, dürften wir ihnen nichts sagen, denn das sei nur *Geplapper...*

Spaun ist inzwischen im Ruhestand... Ich habe gehört, er besitzt ein Anwesen, dessen Anschrift ich für Sie herausfinden kann, falls Sie ihn besuchen wollen... Er besaß eine große Würde, aber darin lag kein Stolz, und seine Augen waren sanft und blass, als hätte man ihm erst kürzlich unfreundliche Worte gesagt... Nein, er hat mich inzwischen sicher längst vergessen, denn er kannte Franz, seit sie als Knaben im Kaiserlichen Konvikt waren, und er bekleidete ein hohes Amt, und sein Geist ist beschäftigt mit weniger geringfügigen Angelegenheiten...

Es gab noch viele andere Freunde, sehr viele... Von Moritz von Schwind wissen Sie sicher... Dann, mein Herr, sollten Sie andere fragen... Er ist jetzt ein berühmter

Maler von Legenden und Märchen und lebt in Deutschland, und auch er wird sich nicht mehr an uns erinnern … Ich habe gehört, er war im letzten Monat mit seiner Tochter in Wien, aber er kam mich nicht besuchen … Als ich noch sehr jung war, zeichnete er ein Porträt von Mama, auf dem sie aussah wie Franz, und er versprach, eines Tages auch von mir eins zu zeichnen, aber das hat er vergessen … Falls Sie ihm begegnen sollten, könnten Sie ihn ja daran erinnern … Ja, es gibt viele Porträts von allen seinen Freunden. Sogar Ferdinands Gemahlin wurde von ihrem Neffen gemalt … Von mir selber und meinen Gatten gibt es nur Scherenschnitte, und allein anhand dieser wird man sich an uns erinnern, falls sie im Laufe der Jahre nicht verloren gehen … Auch von Mama gibt es ein Gemälde und eine *carte de visite,* wie man das wohl nennt, die von meinen Brüdern aufbewahrt werden, aber von mir gibt es bis jetzt keine solchen Bildnisse …

Ja, von Franz gibt es mehrere Porträts. Mein Bruder Karl sagt, das beste stammt von Rieder, ich habe es einmal gesehen, aber es gefällt mir nicht … Weil es ihm, mein Herr, einen selbstzufriedenen Ausdruck verleiht, und er hatte doch keinen Eigendünkel, und er sagte einmal, nur Schurken glauben, dass, was sie tun, das Beste ist und alles andere wertlos … Ich lächle, mein Herr, weil ich gerade daran denke, dass es ein sehr hübsches Bild von Franz und seinen Freunden bei einem Ausflug gibt.

Spaun ist der Zylinder vom Kopf geblasen worden und wird vom Kutschenrad zerdrückt, und er schaut sehr verdrossen zu ihm hinunter ... Es stammt von Kupelwieser ... Er war es auch, der ein Bild von Franz und seinen Freunden malte, wie sie in Atzenbrugg eine Scharade spielen ... Franz sitzt am Klavier, und darunter liegt ein Hund ... Nein, ich weiß nicht, wo Sie das finden können. Ich werde es Ihnen beschreiben ... Wenn ich die Augen schließe ... Die Szenerie ist der Garten Eden, und Schober ... Franz Ritter von Schober ... spielt die Schlange im Baum der Erkenntnis ... Nein, über Schober will ich jetzt nichts mehr sagen ... Vielleicht, wenn Sie mich noch einmal besuchen und mir sehr gut zureden ...

Bitte helfen Sie mir auf die Sprünge ... Ja ... Herr von Spaun ... Als er sich verabschiedete, brachten Ferdinand und seine Frau ihm große Ehrerbietung entgegen, denn er war ein hoher Beamter, der später zum Direktor der Staatslotterie wurde, obwohl er das Glücksspiel verabscheute. So urteilte übrigens auch mein Vater, mit deutlichem Nachdruck erklärte er uns, es wecke bei den Armen Hoffnungen, die nie erfüllt werden könnten ... Nein, mein Herr, ich habe mir noch nie ein Los gekauft ... Und auch meine Gatten nicht, außer sie haben es vorgezogen, mir nichts davon zu sagen ... Aber Mama kaufte einmal ein Los, und als sie es mir und meiner Schwester Maria zeigte, sagte sie flüsternd, wir dürften es Vater nie erzählen ... Falls sie etwas gewonnen hätte, hätte ich es Ihnen dann nicht gleich gesagt …? Spaun hatte sich erst kürzlich vermählt, Franz war bei der Hochzeit gewesen, und Ferdinand bat Spaun, seiner Gemahlin die herzlichsten Grüße auszurichten, als würde er sie kennen, denn Personen des Hofes und Würdenträgern gegenüber war er immer sehr ehrerbietig, auch Metternich lobte er in den höchsten Tönen … Ja, unser Kaiser Franz Joseph wird vom Volke sehr geliebt, und deshalb könnten einige meinen, wir kennen keine Unzufriedenheit … Ist es bei Ihrer Königin Viktoria nicht ebenso …? Es heißt allgemein, dass es sehr gnädig von ihr war, unserer armen Kaiserin Elisabeth, die nicht gesund ist, ihre Jacht zu leihen, damit sie nach Madeira fahren kann, wo das Klima besser ist …

Jawohl, mein Herr, ich werde mich bemühen fortzufahren, wenn Sie es mir nur gestatten …

Eine Woche bevor er starb, half ich ihm in seinen Sessel und brachte ihm seine Feder und Papier und Tinte, damit er Schober schreiben konnte. Einige sagen, ihn hätte Franz am meisten geliebt … Für eine lange Zeit waren sie beständig zusammen, und manchmal nannten sie einander »Schobert« … Er stand treu zu allen seinen Freunden, die er bis zum Ende liebte … In seinem Brief bat er um Bücher von Herrn Fenimore Cooper, der über die Indianer Amerikas geschrieben hatte … Natürlich, mein Herr, das muss ich Ihnen nicht sagen … Er bat

Schober, sie ins Kaffeehaus von Frau Bogner zu bringen, wo Ferdinand sie abholen würde … Seine ganze Musik war noch in Schobers Haus, aber danach verlangte er nicht …

Woher soll ich wissen, warum Schober ihn nicht besuchte, als er im Sterben lag …? Weil er keine Ahnung hatte …? Wenn die Wahrheit verborgen ist, können wir uns vorstellen, was wir wollen … Ja, Franz schrieb viele Lieder zu seinen Gedichten, und gemeinsam komponierten sie *Alfonso und Estrella,* was eine Oper ist, die ich aber noch nicht gehört habe … Franz schrieb den Brief sehr langsam, denn seine Hand war schwach, und er war sehr nachdenklich. Und als er damit fertig war, trocknete ich die Tinte für ihn, und er sagte so leise, dass ich ihn kaum verstand: »Vor allem von ihm wünsche ich mir, dass er kommt.« Ich fragte ihn, warum er es Schober dann nicht mitteilte, aber er schüttelte den Kopf und meinte, dann käme er sofort. Als ich ihm an sein Bett half, blieb er lange davor stehen und sagte dann: »Lass ihn kommen, wenn er es wünscht …« Ob er eine Ansteckung fürchtete …? Ob Franz ihn zu sehr liebte, um ihre Freundschaft zu belasten …? Was sind das für Fragen, die keine Antworten haben und an Kummer rühren …?

Er legte sich auf sein Bett und machte sich an die Korrekturen seiner Lieder mit dem Titel *Winterreise,* und ich bemühte mich deshalb, ihn nicht zu stören … Der

Brief lag auf dem Tisch, und ich sah, dass er die Namen der Bücher von Cooper aufgeschrieben hatte, die er bereits gelesen hatte… Eines davon war *Der letzte Mohikaner*, von dem mein Gemahl sagt, dass es sehr *exotisch* ist, aber Wilhelmine gefällt es… Dann haben Sie also einen ähnlichen Geschmack wie sie… Am Anfang schrieb er, dass er seit elf Tagen nichts gegessen oder getrunken hatte und dass Dr. Rinna ihn behandelte und er sich kaum zwischen Stuhl und Bett hin und her bewegen konnte… Und der Doktor sagte mir, ich solle versuchen, ihm Brot und heißes Wasser zu geben, aber er erbrach sich jedes Mal, und ich hielt ihm die Schüssel an die Brust, und einmal stöhnte er: »Verzeih mir, Pepi, ich sollte dir dieses Elend ersparen…« Aber er konnte nicht weiterreden, weil ihm wieder etwas hochkam, und er würgte und erbrach sich noch einmal. Ich fragte ihn, ob ich ihm seine Augengläser abnehmen sollte, damit er schlafen konnte, aber er ließ es nicht zu und konnte nicht still liegen und sagte, es gebe noch so viel zu tun, und ich solle ihm wieder an den Tisch helfen. Also versuchte ich, ihn zu trösten, und sagte, er brauche keine Angst zu haben, und ich würde immer bei ihm bleiben und dies und das, bis meine Stimme vor Kummer versagte und ich seine Hand ergriff, um nicht zu weinen, und schließlich schlief er ein… Nein, danach schrieb er keine Briefe mehr…

Manchmal saß ich, wenn die anderen gegangen waren, an seinem Bett, und seine Hand hielt die meine, und sie war kalt und ohne jede Kraft. Von Freitag an stand er nicht mehr auf, und am Sonntag wurde Dr. Rinna selbst krank, und es kamen zwei andere Ärzte und zwei Krankenpfleger, zuerst eine Frau und später ein Mann, der in der Kutsche eines Adligen vorfuhr … Ferdinand sagte, er sei teurer, aber Franz war schwer vor Schwäche, und es mussten Dinge getan werden, die sich für eine Frau nicht schickten …

Zusammen kosteten die Pfleger einundfünfzig Gulden und zehn Kreuzer, und Ferdinand meinte, das sei viel, sehr viel … Aber Franz wollte, dass ich bei ihm blieb, auch wenn man ihn zur Ader ließ und ihm das Zugpflaster auflegte … Die Pfleger konnten sich nicht besser um ihn kümmern als ich, aber sie trugen mir dies und das auf und behandelten mich wie ein Kind, obwohl ich doch schon dreizehn war … Als der Mann kam, fragte er die Frau, wer Franz sei, dass er zwei so berühmte Ärzte und zwei Pfleger haben könne, und die Frau erwiderte, er sei nur ein Komponist von Liedern und mit Strauß oder Lanner oder Rossini oder Paganini nicht zu vergleichen … Dann zeigte er uns stolz eine Schnupftabakdose mit Paganinis Bildnis darauf, die ich sehr bewunderte, obwohl ich sie außerordentlich *lächerlich* fand …

Am Tag vor seinem Tod bemühte er sich sehr, aus dem Bett zu kommen, und Ferdinand und ich versuchten, ihn zu beruhigen. Später kam dann der Doktor und sagte auch, dass er sich ausruhen musste, damit es ihm bald wieder besser ginge. Eine Weile lag er still da und starrte nur ins Leere, als wäre er in eine andere Welt gelangt, die er schon immer kannte, jetzt aber zum ersten Mal deutlich sah, und sie war makellos und ohne Schatten … Dann schaute er den Doktor an, legte die Hand an die Wand und sagte langsam und ernsthaft die Worte, die Ferdinand später niederschrieb: »Hier, hier ist mein Ende.« Der Verputz war noch frisch, und die Feuchtigkeit tröpfelte ihm durch die Finger. Dann schloss er die Augen, und der Doktor ging, und ich hatte schreckliche Angst, als wäre mein Herz angeschwollen, um meine Brust gänzlich auszufüllen, und ich rief seinen Namen, um ihn zurückzuholen oder damit er mich mit sich nähme … und so ist es noch immer manchmal, und ich bin dann wieder ein Kind, und mein Herz will brechen …

Verzeihen Sie mir, mein Herr, ich spreche zu viel und bin ganz verwirrt … Ah, hier ist Wilhelmine, sie ist neunzehn Jahre alt … Auch sie freut sich sehr darauf, Sie kennenzulernen … Sie sind der allererste Engländer …

Vielen Dank, mein Herr … Ja, sie ist bezaubernd … Bitte haben Sie etwas Geduld, ich bin gleich wieder bei Ihnen …

Verzeihen Sie mir, mein Herr, wo war ich stehen geblieben …? Ja, und so kam es, dass ich diesen ganzen frühen Nachmittag bei ihm saß, während andere kamen und gingen, und ich sagte ihm, dass die Bücher bald kommen würden und dass ich ihm über die Indianer vorlesen würde. Ich weiß nicht, ob er mich hörte, aber einmal nahm er meine Hand und wandte sich mir zu und lächelte, als wäre ich eben erst gekommen, und er hätte mich erwartet … Dann schloss er wieder die Augen und fing leise an zu singen, während er in seinen ewigen Schlaf sank …

Seine Hand lag still und weich in meiner, und ich fürchtete, er würde aufwachen und nach seinen Augengläsern suchen, deshalb legte ich sie mir in den Schoß, um sie parat zu haben … Und während ich ihn so anschaute, kam Ferdinand und stellte sich hinter mich, und ich sah, dass er aufgehört hatte zu atmen. Seine Uhr hing auf der Armlehne seines Stuhls, und ich sah, dass es vier Minuten nach drei Uhr war und ich vergessen hatte, ihn aufzuwecken, um ihm seine Medizin zu geben … Es war der Tag der heiligen Elisabeth, was der Namenstag seiner Mutter war …

Nachdem sein Leichnam fortgeschafft war, legte ich die Uhr zu seinen Kleidern, als ich sie für Ferdinand zählte, und ich legte auch seine Augengläser dazu … Das werde ich Ihnen ein anderes Mal erzählen … Sie stellen viele

Fragen, und jetzt bin ich müde, mein Herr, und ich habe noch viel zu tun, bevor ich mich zur Ruhe begeben kann … Die Erinnerungen verdunkeln sich wie ein Leichentuch zur Nacht und legen sich schwer auf mich …

Er schlief oft mit seinen Augengläsern auf der Stirn, und einmal sagte ich der Krankenschwester, sie dürfe sie nicht wegnehmen, aber sie beachtete mich nicht. Als er dann aufwachte, rief er deshalb: »Pepi, wo sind meine Augengläser? Wie soll ich denn meine Musik sehen?« Und ich brachte sie ihm zusammen mit den *Winterreise*-Liedern, und seine Augen bekamen ein Leuchten, und er war, wie er immer war, und es lag so viel Freude in ihnen, als wäre er weit gereist, und die Nacht würde hereinbrechen, und in der Ferne würden die Häuser blinken wie Sterne, und er wäre bald zu Hause … Ja, ja … Dann sagte er mir, ich solle ihm seine Feder und sein Tintenfass holen, er wolle an Schwind schreiben, der gerade in Deutschland war. Aber als ich den Tisch ans Bett schob, hatte er vergessen, worum er mich gebeten hatte, und ich konnte ihn auch nicht daran erinnern, da er schon wieder zum Schlafe bereit schien. Er wusste nicht, wer ich war, und ich sagte: »Ich bin es, Pepi.« Und er fasste meine Hand und fragte mich: »Sag mir, Pepi, wann kommen Papa und Schober …?« Denn ich hatte ihm gesagt, dass ich seinen Brief zu Schober gebracht hatte, aber er wusste, er würde nicht kommen, weil er ihn nicht gebeten hatte, die Bücher selbst vorbeizubringen …

Ja, mein Herr, es kamen andere Freunde, Lachner und Herr von Bauernfeld, und er freute sich sehr, sie zu sehen … Nein, Vater und Mutter kamen ebenfalls nicht … Ich fragte Ferdinand, ob er nach ihnen geschickt hatte, aber er antwortete nicht, denn sein Kummer war groß, und er musste sich um seine Schule kümmern, und es gab viele Ausgaben … Ob sie wussten, dass er im Sterben lag …? Sie stellen Fragen, mein Herr, die nie beantwortet werden können … Ich hörte den Doktor Vering zu den Pflegern sagen, dass er nicht mehr für ihn tun konnte, und deshalb glaubte ich, die Behandlung sei ausreichend, und fasste wieder Hoffnung, aber ich sah eine Einsamkeit in seinen Augen wie bei einem Besiegten und bekam wieder große Angst …

Als ich Mama sagte, dass er auf sie gewartet hatte, und sie fragte, warum sie nicht gekommen waren, erwiderte sie, er sei schon so oft krank gewesen, dass sie dachten, er werde schnell wieder genesen … Dann sagte ich es noch einmal, dass er sehr krank sei und auf sie warte, aber sie schaute auf ihre Näharbeit hinab und antwortete nicht, deshalb konnte ich sie nicht noch einmal fragen … Ich sagte ihr nicht, dass ich Vaters Brief an Ferdinand gesehen hatte, in dem er schrieb, er müsse die heiligen Sterbesakramente erhalten … Und jetzt ist Mama tot und auch Ferdinand, deshalb können Sie sie nicht fragen, und solche Dinge werden immer unbekannt bleiben … Ja, sie war nur seine Stiefmutter, aber sie liebte ihn sehr, wie ihre eigenen Kinder … Wir alle liebten ihn, aber keiner konnte ihn mehr lieben als ich … Ach, mein Herr, ich habe keine Worte für unser Glück, wenn er uns besuchen kam …!

Das ist alles, was ich Ihnen heute sagen möchte … Ich muss Wilhelmine nach Brot schicken … Das sagten Sie bereits. Ich werde ihr berichten, dass Sie sie sehr hübsch und bezaubernd finden … Und mein Gemahl wartet auf mich … Er hat viele Dinge im Kopf, die bei der Erziehung von Kindern zu bedenken sind, darauf hat schon Vater uns hingewiesen, und die meines Gemahls sind Waisen, die alle natürlichen Empfindungen verloren haben … Nein, wir sprechen nicht immer über Franz, denn ich habe ihm alles erzählt, und er sagt, alles andere ist unnötig, aber meine Kinder fragen mich noch nach ihm …

Wie kann man etwas vergessen, woran man jeden Tag, jede Stunde denkt …?

Bitte kommen Sie wieder, mein Herr, wenn Sie möchten … In unserer wunderschönen Stadt gibt es viele Zerstreuungen und Orte, die einen Besuch wert sind, und Geschäfte, in denen Sie Geschenke für Ihre Freunde in England kaufen können, Silber und Glas und wunderbares Porzellan, aber es ist sehr teuer … Ich weiß nicht, wo Sie seine Musik hören können. Andere Komponisten sind viel mehr in Mode, und vielleicht wird er nirgendwo gespielt … Es gibt so viel, so viel, alle seine Klavierstücke und die Messen und Opern und … Ja, mein Herr, Opern … Warum finden Sie das so *überraschend?* Was glauben Sie, wie viele? Eine oder zwei? Ach, mein Herr, es tut mir schrecklich leid, aber nun kann ich mir ein kleines Lachen nicht versagen. Die Leute sind ja so unwissend. Nein, natürlich nicht, ich meine nicht Sie, mein Herr. Sie sind in keinster Weise unwissend. Ich meine jene in Amt und Würden, die sich für so wichtig erachten und es doch besser wissen sollten … Ferdinand hat mir gesagt, dass es insgesamt fünfzehn sind … Gütiger Himmel, in der Tat, mein Herr. Berichten Sie das bitte Herrn Grove, damit sie alle bald in England aufgeführt werden können.

Ich kann es Ihnen nicht sagen … Verzeihen Sie mir, mein Herr … Die Wiener sind sehr gastfreundlich, aber Sie sind dennoch ein Fremder … Als ich Mama besuchen ging und wir von ihm sprachen, verstummten wir bald, denn alles, was wir wussten, war bereits im Übermaß besprochen, und unsere Worte konnten es nur herabsetzen … Und jetzt, da ich mit Ihnen spreche, weht seine Musik mir durch den Kopf, und ich sehe sein Gesicht vor mir und höre seine Stimme und dann …

Morgen, mein Herr … Wenn ich Sie bitten dürfte, zu einer späteren Stunde, denn am Vormittag muss ich mich um meinen Handarbeitsunterricht und einige andere Erledigungen kümmern, für die mein Gemahl mich benötigt …

II

Es ist ein sehr schöner Tag, mein Herr, und Sie sollten eher im Prater oder im Wienerwald spazieren gehen, jetzt, da der Frühling kommt… Ach, was für wunderschöne Blumen, Glockenblumen und Lilien! Wie kann ich Ihnen nur danken…? Ich habe wieder etwas von unserem berühmten Wiener Gebäck gekauft und unseren besten Wiener Kaffee, ich kann aber auch Tee aufbrühen, wenn Ihnen das lieber ist… Oder ein Glas unseres österreichischen Weins…? Ich trinke ihn nur selten, denn ich finde ihn zu sauer, mein Gemahl aber schätzt ihn sehr…

Was habe ich Ihnen erzählt…? Der Brief an Schober? Nun gut, mein Herr… Ich zeigte ihn Ferdinand und sagte, ich würde ihn Schober bringen und ihm auch gleich sagen, dass Franz auf ihn warte und er das Buch selbst vorbeibringen solle. Ferdinand antwortete nicht, doch dann runzelte er die Stirn und sagte, es sei schon spät, und ich würde nach Einbruch der Nacht zurückkehren müssen. Er warnte mich vor Betrunkenen und Bettlern und sagte, viele seien Krüppel, die in den Kriegen gegen Napoleon gekämpft hatten… Er sagte mir, der nächste Morgen sei früh genug, und er werde einen

Boten schicken, doch ich erwiderte, ich würde mich beeilen, und niemand würde ein Kind belästigen, und ich hatte bereits Stiefel, Umhang und Haube angelegt. Nun nickte er, denn er sah den Eifer in meinem Gesicht. »Arme Pepi«, sagte er, und seine Frau seufzte und stellte meinen Kragen hoch und steckte die Haare hinein und flüsterte: »Dieser Mann!« ... Sie war wie eine Mutter zu mir, obwohl sie ihre eigenen Kinder hatte und Ferdinand auch sehr viele Schulkinder, deshalb sagten sie, ohne mich könnten sie sich um Franz nicht kümmern ... Ich half ihr auch beim Waschen und Putzen und Kochen, wie es von mir erwartet wurde, und sie war oft müde und mir sehr dankbar ...

Sie starb drei Jahre nach Franz, und Ferdinand heiratete dann wieder ... Lassen Sie mich überlegen ... Er hatte fünfundzwanzig Kinder, von denen nur zwölf überlebten. Es heißt, es waren so viele, dass er sie, wenn er sie auf der Straße sah, nicht immer erkannte ... Natürlich stimmte das nicht, und wir sagten es nur, um ihn zu necken ... Und Franz und Ignaz neckten ihn auch, weil er immer jammerte, er werde an der einen oder anderen Krankheit sterben. Am Ende aber nahm er Franz bei sich auf, als er nicht länger bei Schober bleiben konnte, und er hatte keine Angst ...

Ja, mein Herr, der Brief ... Ich habe es nicht vergessen ... Als ich die Altstadt erreichte, begann es zu regnen, und ich eilte durch die Straßen, und der Schlamm spritzte mir auf die Stiefel und den Saum meines Kleides. Eine Kutsche fuhr vorbei, und der Kutscher verwünschte mich und ließ seine Peitsche knallen, so dass ich mich gegen eine Hausmauer drückte und mir den Umhang beschmutzte, und ein Schwall Wasser spritzte vom Dach auf meine Haube. Ich kam an einem Wirtshaus vorbei, in dem es sehr laut zuging, es wurde geschrien und getanzt, und drei Männer kamen heraus, die äußerst betrunken waren und mich auf einen Abfallhaufen stießen und in einer Sprache anschrien, die ich nicht verstand. Neben mir suchte eine alte Frau nach Knochen für den Knopfmacher und lachte wie eine Krähe und meinte, ich wäre noch zu jung, sogar für die Italiener. Dann drängten sie sich um mich, und einer berührte meine Brust, und ich roch seinen Atem, der übel stank, und ich lief davon, und das Krächzen der Frau klang schrill hinter mir …

Als ich das Haus erreichte, wurde mir die Tür von Schobers Mutter geöffnet. Sie trug eine weiße Kappe und ein ebensolches Kleid, und ihre Augen waren hohl wie bei einem Schädel im Schatten … Ich hatte Franz dort schon einmal besucht, aber es war dunkel unter der Tür, und mein Gesicht war unter meiner Haube versteckt, und sie erkannte mich nicht. Mit großer Ehrerbietung sagte ich, mein Name sei Josefa und ich sei mit einem Brief von meinem Bruder Franz Schubert gekommen. Dann zog ich ihn unter meinem Umhang hervor und schämte mich, weil meine Hand schmutzig war und ich einen Fleck auf dem Papier hinterlassen hatte. Sie nahm den Brief behutsam entgegen, und ich dachte, sie würde die Tür wieder schließen, weil sie mich noch immer nicht erkannte und meinen Namen nicht verstanden hatte, den ich ihr zu leise genannt hatte …

Dann stellte sich Schober hinter sie, und sie trat beiseite, und er fragte, wer ich sei. Er hatte die Hand in den Rock gesteckt wie Napoleon, und seine Mundwinkel waren von einem Schnurrbart verdeckt, so dass ich nicht sehen konnte, ob er lächelte. Und er musterte mich neugierig von oben bis unten, als würde ihn mein Anblick belustigen. Dann hob er die Hand und berührte den kleinen Bart unter seinen Lippen und stand mit hochgerecktem und leicht seitlich geneigtem Kopf wie ein Erzherzog einfach nur da. Und ich verstand nicht, warum Franz ihn so sehr liebte, denn Sie müssen wissen, mein Herr, in Franz war dergleichen Dünkel und Eitelkeit nicht zu finden …

Ich trat ins Licht und hob mein Gesicht, und er erwiderte meinen Blick und neigte sich mir zu mit einem zärtlichen Ausdruck, als wäre ich bereits eine Frau, und ich spürte, wie mein Gesicht warm wurde …

»Sie ist von Bertl gekommen«, sagte seine Mutter und fasste meine Hand, um mich ins Haus zu führen. »Schau dir nur deine Füße an«, seufzte sie. »Sie hätten jemand anders schicken sollen …«

Ich nahm meinen Umhang ab und folgte ihnen in ein Zimmer mit hübschen Spitzenvorhängen und vielen Gemälden und polierten Möbeln, viele gepolstert und mit geblümten Bezügen. Auf dem Boden lag ein großer arabischer Teppich, über den ich nicht gehen wollte, weil meine Stiefel schmutzig waren. Es gab auch zwei Schränke mit Glastüren, die feines Porzellan enthielten, und ich kam mir arm und klein vor und wünschte mir, ich wäre nicht gekommen …

Schober nahm den Brief und las ihn sehr langsam, und als er ihn ein zweites Mal las, änderte sich sein Gesichtsausdruck, und Tränen stiegen ihm in die Augen, als hätte ihn plötzlich etwas getroffen. Er setzte zu sprechen an, aber aus seiner Stimme wurde ein Stöhnen, so dass er nicht fortfahren konnte. Dann legte er den Brief auf den Tisch und schrieb das Datum darauf, den 12. November, und unterzeichnete ihn.

»Komm«, sagte er. »Wir lassen dir einen Teller Suppe bringen, und du musst dir die Füße trocknen.«

Dann kam er zu mir und führte mich an der Hand zum Tisch, und als ich mich setzte, sah ich die Fußspuren, die ich auf dem Teppich hinterlassen hatte, und errötete noch einmal. Er stellte sich hinter mich und legte mir die Hand auf die Schulter. »Du bist also seine Pepi. Er spricht oft von dir und von seiner ganzen Familie.«

»Und zu uns von Ihnen, mein Herr«, erwiderte ich sehr höflich, und er lachte unnötig laut auf.

»Und wie geht es deinem lieben Bruder?«, fragte er, obwohl er die Antwort aus Franzens Brief bereits kannte und die Ärzte ihm täglich berichteten, wie Ferdinand mir erzählte, und einer hätte sogar gesagt, er könne ihn nicht retten.

»Er ist sehr krank, mein Herr«, erwiderte ich und spürte die Wärme seiner Hand durch mein Kleid.

Frau von Schober hatte den Brief genommen und las ihn am Fenster, und er fragte flüsternd: »Darf ich dein hübsches Gesicht nicht sehen?« Deshalb knöpfte ich das Kinnband auf und zog die Haube ab und schaute ihn an.

Doch er wandte sich sofort ab und sprach nicht weiter, deshalb fragte ich ihn, wann er Franz besuchen würde, denn er erwarte ihn.

»Bald, sehr bald«, antwortete er. »Das musst du ihm sagen, und auch, dass ich die Bücher besorgen und im Café Bogner hinterlassen werde.«

Dann wollte ich ihn fragen, warum er denn die Bücher nicht selbst vorbeibrachte, aber er legte mir die Hand auf den Kopf und sagte: »Möchtest du gerne sein Zimmer sehen?«, und seine Stimme klang barsch, als wäre ich ein kleines Kind oder eine Dienstmagd. »Falls er nach seiner Musik verlangt hat, werde ich dir helfen, sie zu finden.«

Ohne auf meine Antwort zu warten, nahm er eine Lampe und führte mich die Treppe hoch. Ich hätte sagen sollen, dass ich sein Zimmer bereits gesehen hatte, als ich Franz die Kleidung brachte, die Mama für ihn gewaschen hatte.

Er öffnete die Tür und ging voraus und stellte die Lampe auf Franzens Schreibtisch in der Kammer.

»Da«, sagte er mit schwungvoller Handbewegung. »Siehst du, wie eifrig er gearbeitet hat? Wie oft habe ich ihm gesagt, er darf nicht so viel arbeiten. Bald wird er hierher zurückkehren, um abzuschließen, woran er … Vielleicht weißt du ja, Fräulein, dass ich es war, der ihn aus dem Schulmeisterdasein errettet hat, damit er frei sein konnte für seine Musik?« Und seine Stimme war wieder zärtlich, als wäre ich eine modische Dame, und er wollte mich erobern …

Überall lagen Notenblätter verstreut, auf dem Boden, auf dem Klavier, auf Tisch und Stuhl. Zwei Geigen und eine Gitarre lehnten an der Wand, und hier und dort lagen Kleidungsstücke, die ganz und gar nicht sauber waren, und ich war froh, dass Mama sie nicht sehen musste …

»Hat er nach seiner Musik verlangt?«, fragte er noch einmal. »Schau, hier ist unsere Oper …«

Ich schüttelte den Kopf und schämte mich, dass ich Franz nicht gefragt hatte, ob ich ihm sonst noch etwas mitbringen sollte. Also sagte ich sehr ruhig, dass er seine *Winterreise*-Lieder korrigierte, und Schober erwiderte, sie seien viel zu schwierig, und ihm gefalle nur das eine mit dem Titel *Der Lindenbaum*.

Dann legte er mir den Arm um die Schultern und sagte: »Du kannst dir gar nicht vorstellen, Fräulein, wie glücklich wir waren, Franz und ich, mit Moritz und Eduard und Vogl und den Fröhlich-Schwestern und allen seinen Freunden … so viele gemeinsame Stunden, Reden und Lachen … Die Ausflüge, die wir zusammen unternommen haben, die Tage in Atzenbrugg, die Spiele, die wir gespielt haben …«

Und ich wollte nur weg von ihm, denn ich wusste besser als er, wie weit diese Glückseligkeit entfernt war.

Dann setzte er sich ans Klavier und stimmte *An die Musik* an, ein Lied, das Franz uns einmal vorgesungen hatte. Wir konnten es alle singen, sogar Mama sang es manchmal mit Ferdinand oder Ignaz an dem Klavier, das Papa Franz geschenkt hatte, als er siebzehn wurde und eine Messe schrieb, für die Papa ihn sehr lobte. Schober fing an zu singen:

Du holde Kunst, in wieviel grauen Stunden,
Wo mich des Lebens wilder Kreis umstrickt …

Nein, ich werde es nicht singen, wenn Sie es bereits kennen …

Dann brach seine Stimme, und eine Träne rann ihm übers Gesicht, und er legte die Hände in den Schoß und senkte den Kopf. Ich starrte ihn an und war sehr verlegen, und er wandte sich ab, damit nicht ein Kind einen so stolzen Mann weinen sah.

Dann wischte er die Träne mit dem Finger weg und sagte: »Weißt du, dass das von mir ist, Fräulein?«

Ich schüttelte den Kopf und war sehr verwirrt, denn es war Franzens Lied, und es gab so viele von ihnen mit Texten der unterschiedlichsten Menschen, ich konnte mich deshalb nicht bei allen erinnern, wer die Zeilen geschrieben hatte. Dann sah ich seine Mutter in der Tür stehen und erschrak sehr, denn ich hatte sie nicht die Treppe hochkommen hören, und sie war blass wie ein Gespenst.

»Vielleicht will Fräulein Schubert dich gar nicht spielen hören«, sagte sie sehr leise, aber mit Schärfe in der Stimme. »Unten warten Suppe und Brot auf sie ...« Dann ging ihre Stimme in einem Regenstoß unter, der gegen die Scheibe prasselte.

Sie blieb dort stehen und schaute zwischen uns hin und her, und ich meinte Tränen in ihren Augen zu sehen, denn sie glänzten im Licht der Lampe. Dann seufzte sie und sagte: »Ach, wie viel Kummer ist doch in der Welt!« und ließ uns allein.

Schober stand auf und hatte sich jetzt wieder in der Gewalt. »Mutter hat recht«, sagte er. »Ich bin es nicht würdig. Vielleicht sollte ich dich für eine Weile allein lassen?«

Doch er wartete nicht auf meine Antwort und ging auf herrische Art aus dem Zimmer, wieder mit der Hand im Rock, als gäbe es nichts, dessen er nicht würdig sein könnte. Und doch wirkte er gar nicht so vornehm, denn er trug türkische Pantoffeln, die an den Spitzen aufgebogen waren, und er hatte Säbelbeine ...

Ich wusste nicht, was ich tun sollte, deshalb raffte ich einige von Franzens Kleidungsstücken zusammen, um sie Mama zum Waschen zu bringen, was ich später allerdings vergaß. Auf dem Tisch lagen viele Stücke für Klavier, und einige waren auf den Boden gefallen, die ich nun aufhob und dabei zwei mit Bleistift beschriebene Blätter fand, die keine Musik waren. Als ich sie las, zitterte meine Hand, und Tränen stiegen mir in die Augen, so dass die Wörter verschwammen wie unter einer Pfütze, und ich konnte sie nicht gleich verstehen …

Ich werde es Ihnen erzählen, wenn Sie nur ein wenig Geduld haben möchten …

Er schrieb, dass sein Vater ihn mitnahm zu einem Festmahl mit seinen Brüdern, die sehr fröhlich waren, er aber war traurig, und Papa hieß ihn, sich die Gerichte schmecken zu lassen, aber er konnte es nicht, und Papa wurde zornig und jagte ihn davon. So reiste er in entfernte Gegenden und war zerrissen zwischen dem größten Kummer und der größten Liebe. Und als er vom Tod seiner Mutter erfuhr, erlaubte Papa ihm, wieder nach Hause zu kommen, und als sie vor ihrem Leichnam standen, weinten sie gemeinsam. Dann führte Papa ihn in seinen Lieblingsgarten und fragte ihn mit zornrotem Gesicht zweimal, ob er ihm gefalle. Und Franz zitterte und schüttelte den Kopf, und Papa schlug ihn, und so floh er erneut. »Und mit einem Herzen voll unendlicher Liebe für die, welche sie verschmähten, wanderte ich abermals in ferne Gegend. Lieder sang ich nun lange lange Jahre. Wollte ich Liebe singen, ward sie mir zum Schmerz. Und wollte ich wieder Schmerz nur singen, ward er mir zur Liebe. So zerteilte mich die Liebe und der Schmerz.«

Diese Worte werde ich nie vergessen, und am Schluss schrieb er, dass er und Vater sich am Grab einer frommen Jungfrau versöhnten und himmlische Gedanken aus dem Grabmal wie lichte Funken sprühten, und sein Vater nahm ihn in die Arme, und sie weinten beide …

Ich las es wieder und wieder und dachte an Papa zu Hause und an seine Liebe zu Franz und ihrer beider Liebe füreinander … Und ich sah ihn die Hand erheben und Franz schlagen, und ich weinte so sehr, dass ich die Treppe nicht wieder hinuntergehen konnte, obwohl ich zitterte vor Kälte, und jenseits des Lampenlichts schien es, als würde der Staub sich in Frost verwandeln … Und ich überlegte mir, wie ich Mama fragen könnte, ob Papa Franz einmal geschlagen hatte, und ich sah ihn dort liegen, alleine und schwach und voller Verzweiflung, und fürchtete sehr, dass alles, was ich über Vater wusste, falsch war, und er nur Gott und die Kirche liebte, und dass das der Grund war, warum er Franz nicht besuchte, obwohl er sehr krank war und vielleicht starb …

Nein, mein Herr, Sie sollten wissen und *nie* vergessen, dass es nur ein Traum war, und das schrieb Ferdinand auch darüber, als er die Seiten Robert Schumann gab, aber Schober schrieb sie ab und wird sie anderen zeigen, und einige werden nie glauben, dass keine Wahrheit darin steckt …

Als ich nach unten kam, brachte eine Dienstmagd mir Suppe, die ich schnell essen wollte, aber sie war sehr heiß. Und es gab auch Wurst und Brot auf einem hübschen Teller mit Blumenmuster, aber ich konnte beides nicht essen … Sie waren sehr freundlich zu mir, und Frau von Schober gab der Dienstmagd meine Stiefel, die sie mitnahm, um sie zu trocknen. Und ich versteckte mein Gesicht vor ihnen, denn sie sollten nicht sehen, dass ich geweint hatte …

Dann redeten sie weiter, als hätten sie mich vergessen … Ja, mein Herr, ich erinnere mich noch gut … Es ging um Schobers Schwester Ludwiga, die von ihrem Gemahl erschossen worden war, wie Mama mir später erzählte. Mein Bruder Ignaz war dabei und sagte, der Gemahl sei ein italienischer Sänger, in den Ludwiga sich verliebt habe, als sie bereits mit einem hohen Regierungsbeamten verlobt gewesen sei, und er sei davor mit einer anderen Frau verheiratet gewesen, die er erdrosselt habe … Und er erzählte uns das auf unterhaltsame Art, als wäre es die Geschichte einer Oper … Dann kam Vater dazu und sagte, es gebe viele Ausländer aus Frankreich und Deutschland und anderen Ländern, die die Gottlosigkeit nach Wien gebracht hätten und gefährliche Gedanken über Freiheit und Revolution …

Frau von Schober sagte, es sei nur ein Unfall gewesen, und man sollte dem Sänger gestatten, die Familie zu besuchen, schließlich habe Ludwiga ihn geliebt, und ich fand es herzlos, wie sie über solche Dinge sprachen, jetzt, da sie tot war und Franz vielleicht starb. Dann sah Schober, dass ich zuhörte, und sagte: »Wir sollten davon jetzt nicht reden, Mutter. Das Fräulein wird Bertl sagen, dass wir nur an uns selber denken.« In diesem Augenblick mochte ich ihn nicht, dieses flehende Lächeln auf seinem Gesicht, und fragte mich wieder einmal, warum Franz ihn so sehr liebte, mehr, wie es heißt, als jeden anderen …

Ich sollte Ihnen sagen, mein Herr, dass uns Ferdinand im Jahr der Revolution einen Brief Schobers über die Oper zeigte, die er zusammen mit Franz geschrieben hatte. Ferdinand meinte, er habe sich darin sehr *unhöflich* ausgedrückt, und Vogl und Schwind und Bauernfeld und andere würden ihn seitdem nicht mehr mögen, vor allem Herr Kenner, der sagte, er hätte Franz in den Schmutz moralischer Verderbtheit gezerrt … Es war auch Kenner, der schrieb, hätte er nicht das unverdiente Glück von Frau und Kindern, wäre er sehr gerne für Franz gestorben … Das erzählte uns Ferdinand, und Mama meinte, einige würden sehr leichthin solche Dinge sagen, um ihre Tugend zur Schau zu stellen …

Das genügt Ihnen nicht über Franz von Schober …? Ein anderes Mal, wenn Sie es mir gestatten, mein Herr … Ich habe gehört, er ist jetzt unglücklich verheiratet, was mich nicht sehr überrascht … Kurz nach Franzens Tod verließ er Wien, und ich habe ihn nach dem Begräbnis nicht wiedergesehen … Ich schäme mich manchmal, dass ich schlecht von ihm dachte, denn Franz liebte ihn bis zu seinem Ende, und dann fällt mir ein, wie er mich in Franzens Zimmer führte und dieses Lied spielte, das außerordentlich schön ist, und wie ich dachte, er wollte nur damit prahlen, dass er den Text geschrieben hatte … Und Bauernfeld sagte, er wäre ein ausgezeichneter Mann gewesen, und Schwind liebte ihn ebenfalls … Ein anderes Mal … Nein, Spaun mochte ihn nicht, denn Schober verliebte sich in seine Schwester Marie, und ihre Mutter verbot die Verbindung, denn er wäre *gottlos* und würde Marie unglücklich machen …

Verzeihen Sie, mein Herr, ich will nicht schlecht von irgendjemandem sprechen … Ein anderes Mal … Jetzt bin ich müde … Ich muss es Ihnen noch einmal sagen, es war nur ein Traum, und ich hätte die Seiten sofort vernichten sollen, denn viele werden sie lesen und nicht verstehen, dass keine Wahrheit darin liegt … Sollen andere erklären, warum er es schrieb, andere, die in Träumen wühlen … Niemand kann etwas träumen, ohne dass eine gewisse Wahrheit darin liegt …? Solche Dinge sind geheim, und diejenigen, die in der Seele stochern,

als wollten sie sie auftrennen, sind nur *aufdringlich* …
Aber bis zum heutigen Tag sehe ich das Bild vor mir, wie Papa Franz schlägt, und dann schmerzt mir das Herz vor Kummer …

Dann dankte ich ihnen höflich, obwohl ich meine Suppe nicht aufgegessen hatte, und sagte, ich müsse gehen, weil Franz auf mich warte. Als ich Haube und Umhang anlegte, fragte Frau von Schober, ob sie irgendetwas zu Ferdinands Haus schicken sollte, aber mir fiel nichts anderes ein als Franzens Kleider, die ich oben liegen gelassen hatte. Und das tat sie auch, und einige Stücke hatte sie auch waschen lassen, als glaubte sie, dass er sie bald wieder benötigen würde …

Als ich das Haus verließ, hatte es aufgehört zu regnen, und es war schon beinahe dunkel. Ich schaute über die Schulter, und über dem Turm der Kathedrale sah ich, wie die Wolken sich schnell teilten und den Mond freigaben, und ich dachte daran, dass Franz auf mich wartete … Dann fiel mir ein Lied über den Mond ein, das er uns einmal vorgesungen hatte, über den Mond als gütigen Freund, der über unser Schicksal wacht … aber bald war er wieder von einer dichten, schwarzen Wolke verdeckt … Ich eilte durch die Straßen, wo die Laternenanzünder gerade die Laternen anzündeten, so dass ich die Pfützen und den Schlamm und die Abfallhaufen besser sehen konnte. Um mich herum gab es Geschrei und Gelächter und Verwünschungen, manchmal in Sprachen, die ich nicht verstand, und aus den Schänken kamen die Klänge von Geigen und Tänzen, und die ganze Stadt schien voller Fröhlichkeit zu sein … Als ich das Glacis erreichte, kam ich an dem blinden Drehorgelspieler vorbei, der von einem Kind geführt wurde, und ein kleiner, schwarzer Hund lief ihnen bellend um die Füße herum, und der Mond kam wieder heraus, und alles war still …

Gleich nach meiner Rückkehr stieg ich, noch in Umhang und Haube, die Treppe zu Franzens Zimmer hinauf, aber er schlief. Also ging ich nach unten, wo ich die Krankenschwester sah, die zu viel Wein trank und albern mit einem Mann plauderte, den ich nicht kannte, doch sie beachteten mich beide nicht … Zu Ferdinand sagte ich lediglich, ich hätte den Brief abgeliefert, dann half ich seiner Gemahlin, das Gemüse zu schneiden, und fing an, den Boden in der Küche zu wischen. Und sie meinte, ich sollte mich schlafen legen, aber ich konnte nicht, denn ich musste an Franzens Traum denken, und so setzte ich mich wieder an sein Bett und nahm seine Hand, aber er wachte nicht auf …

Am nächsten Morgen fragte er mich, ob Schober und seine Mutter bei guter Gesundheit seien, und ich erwiderte, sie würden ihm den Rest seiner Kleidung schicken und die Bücher ins Café Bogner bringen. Und ich sagte ihm, sie erwarteten ihn sehr bald zurück, und sein Zimmer würde auf ihn warten …

Und so geschah es … Einen Augenblick, da ist noch etwas, was ich Ihnen erzählen sollte … Als Schober mich zur Tür brachte, steckte er mir die Haare unter die Haube und sang ganz leise:

Zart noch sind die schlanken Glieder,
Unentfaltet die Gestalt,
Und doch scheint der Busen wieder
Schon von Regungen durchwallt.

Seine Mutter war nicht dabei, und während er sang, hielt er mir die Hand an die Wange und beugte sich zu mir, als wollte er mich küssen … Das stammt aus einem anderen von Franzens Liedern mit dem Titel *Vergissmeinnicht*, das ich noch nicht gehört hatte und auch nicht mehr hören will, nachdem Schober mir diese Zeilen gesungen hat, die unangemessen waren … Und danach sagte er, die Worte wären von ihm, und Franz hätte ihm einmal geschrieben, er würde ihn nie vergessen, und keiner könnte je für ihn sein, was er einmal war … Daraus können Sie vielleicht erkennen, dass ich von niemandem schlecht sprechen will … Denn er war der Führer des Trauerzugs bei Franzens Begräbnis, und er schrieb die Worte für das *Pax Vobiscum*, das der Chor sehr schön sang … Nein, ich habe ihn nicht wiedergesehen …

Natürlich nicht, mein Herr. Schober war keiner, der uns nach Franzens Tod besucht hätte …

Und Franz fragte mich noch einmal nach den Büchern, deshalb sagte ich Ferdinand, ich würde sie im Café Bogner abholen, aber er schüttelte den Kopf und meinte, er würde selbst hingehen, doch er tat es nicht … Es liegt an der Kreuzung der Singerstraße mit der Blutgasse … Vielleicht finden Sie ja die Zeit, es zu besuchen, und dann sehen Sie das Schild mit dem türkischen Paar, das Schwind gemalt hat, um seinen Tee und andere Erfrischungen zu bezahlen …

Verzeihen Sie mir, mein Herr, ich rede und rede, und ich habe gar nicht gefragt, ob Sie noch Kaffee möchten, und das Gebäck haben Sie aufgegessen. Und jetzt müssen Sie mich verlassen … Nein, mein Herr, ich bin es, die geehrt ist …

III

Wieder ist es ein schöner Tag, und Sie sollten nicht zu lange bleiben … Vielleicht ist Ihnen dieser Sessel bequemer …?

Sie fragen nach meinem geliebten Vater … Vor allem sollten Sie wissen, dass er hoch geschätzt war, obwohl er nur ein Schulmeister war, und bis zum Ende war er immer arm … Mama sagte uns, wir sollten sehr stolz sein, einen solchen Vater zu haben. Vor Franzens Tod wurde ihm das Bürgerrecht der Stadt Wien verliehen, und er konnte sein Lächeln nicht verbergen, als er uns den Brief zeigte, in dem ihm Anerkennung für seine großen Verdienste um die Erziehung während vierzig Jahren und seine Arbeit für die Wohltätigkeit während siebzehn Jahren ausgesprochen wurde. Wenn Sie es wünschen, kann ich das Schreiben heraussuchen, damit Sie es selber lesen können. Er las den Brief zweimal, das erste Mal vor dem Tischgebet und dann noch einmal nach dem Essen. Dann hörte er auf zu lächeln und sagte uns, wir sollten uns nicht zu sehr freuen, denn jetzt müsste er eine zusätzliche Steuer von vierundzwanzig Gulden zahlen … Er wurde außerdem für die Goldene Ehrenmedaille für

Zivilpersonen vorgeschlagen, erlebte aber die Verleihung nicht mehr. Seine Schüler haben gesagt, dass er sie sehr streng unterrichtet hatte, denn sie waren so viele … Ja, Franz war auch ein Schulmeister … Drei Jahre lang, und auch er war streng, aber wie konnte ein Lehrer anders sein? Vater hatte einen Wunsch, der über alle anderen ging, nämlich dass wir alle fromme Christen sein und die Heilige Katholische Kirche ehren und treu dem göttlichen Willen folgen sollten und so weiter und so fort, und er vergaß nie, uns daran zu erinnern …

Ja, ich werde fortfahren …

Mein Bruder Ignaz kam zwei Monate nach der ersten Vermählung meines Vaters zur Welt. Sie war eine Köchin namens Elisabeth, die aus Schlesien kam, und Vater kam aus Mähren … Ihre nächsten acht Kinder starben, bevor Ferdinand geboren wurde, dann Karl, dann Franz. Ihre nächste Tochter starb bereits am Tag nach ihrer Geburt, man nannte sie Aloysia. Dann kam Theresia, die, Gott sei Dank, noch lebt. Als Elisabeth starb, heiratete er Mama, die zwanzig Jahre jünger war … Sie kam aus einer guten Familie und war die Tochter eines Seidenhändlers … Von Mamas Kindern lebte Theodor, der nach mir geboren wurde, nur sechs Monate. Und ihre Erstgeborene, meine geliebte Schwester Maria, starb mit nur einundzwanzig Jahren, bevor man sie vermählen konnte … Unser Vater sagte oft, wir müssten Gott für die

Gnade des Lebens danken, denn es kann einem so leicht genommen werden, und diejenigen, die zurückbleiben, sind ein Geschenk seiner Vorsehung, und gute Gesundheit ist das höchste aller irdischen Besitztümer ... Als ich noch ein Kind war, wünschte ich mir, er würde häufiger lächeln, und versuchte, brav zu sein, um ihn glücklich zu machen ...

Mit so vielen Schulkindern hatte er sehr viel zu tun, erhielt aber nur kargen Lohn dafür ... Als er starb, hatte er mehr als fünfhundert Schüler und viele Gehilfen ... Nach den Kriegen mit Napoleon, das erzählte Mama mir, brachen harte Zeiten an, außer für die Reichen und diejenigen in hohen Ämtern, die Bedienstete und Kutschen hatten. Die Steuern waren hoch, und es herrschte Nahrungsmittelknappheit, und manchmal wurden die Arbeiter zornig, und einmal bewarfen sie die Bäckereien mit Steinen, bis die Kavallerie sie vertrieb. Und einige der Arbeiter wurden hingerichtet, und andere wurden ausgepeitscht und wieder andere zur Zwangsarbeit verschickt ...

Zu der Zeit von Franzens Geburt hatte Vater fast zweihundert Schüler und gab Unterricht für nur einen Gulden und dreißig Kreuzer im Monat, aber viele unterrichtete er unentgeltlich. Er bat um eine bessere Stellung in der Leopoldstadt, erhielt jedoch als Antwort, er müsse eine andere, passende Gelegenheit abwarten. Deshalb bewarb er sich später um die freie Stellung an der Schule der Domkirche St. Stephan, wurde jedoch auch hier abgelehnt und erhielt zur Antwort, er müsse es *mit Gleichmut* tragen … Nein, mein Herr, er war immer standhaft und zeigte keine Bitterkeit …

Nach Franzens Geburt zog er in die Säulengasse und wurde zum fünften Beisitzer der Ministerbank ernannt und war außerdem Beisitzer der Vereinigung der Schulmeisterwitwen … Er rühmte sich dieser Dinge nicht, sondern sagte uns, die größte Sünde sei die Sünde des Stolzes, und man müsse Gott danken, dass er ihn zu seinem Dienst gerufen hat, und dergleichen Predigten … Nach seinem Tod zeigte Mama uns den Brief bezüglich der Ehrenmedaille, den ich abgeschrieben und für Sie herausgesucht habe. Wenn Sie mir gestatten, mein Herr, werde ich ihn jetzt vorlesen … Einen Augenblick, hier … »weil er nicht nur ein Mann ausgezeichneten Charakters und absoluter Rechtschaffenheit war, sondern auch dass er, obwohl er verpflichtet ist, in der Schule nur zwanzig arme Kinder unentgeltlich zu unterrichten, freiwillig vierzig aus verschiedenen Gemeinden aufgenommen hat; und seine ausgezeichnete Unterrichtsmethode ist so allgemein bekannt, dass seine Schule häufig auch von Kindern aus entfernteren Vorstädten besucht wird, so dass sie auch in den verschiedenen Zimmern seines Hauses keine Unterkunft finden«. Genau dies wurde über ihn gesagt, damit Sie verstehen, dass er ein hervorragender Mann war und nicht nur Franzens Vater …

Sie sollten nicht glauben, dass er Franz nicht mit seinem ganzen Herzen liebte … Einmal, das hat Ignaz mir gesagt, war er zornig auf Franz, weil er im Konvikt zu viel Zeit auf seine Musik verwandte und in Mathematik in der zweiten Klasse bleiben musste, und es wurde vom Kaiser höchstpersönlich unterschrieben, dass er unverzüglich der Schule verwiesen würde, wenn er sich nicht verbesserte, denn Singen und Musik sei nur ein Zeitvertreib … Daran sehen Sie, dass er ein ausgezeichneter Vater war … Ignaz erzählte, er mochte es nicht, dass Franzens Freunde aus dem Konvikt zu Besuch kamen … Natürlich, mein Herr, das war nur, weil er arm war und es ihn vom Unterrichten abhalten würde … Ferdinand zeigte uns einen Brief von Franz, in dem er um einige Kreuzer für Äpfel und Brot bat, denn Papa schickte ihm nur wenige Heller, die schnell verbraucht waren … Sein ganzes Leben lang konnte Vater Franz nicht mit Geld aushelfen, auch gegen Ende nicht, als er noch einmal nach Graz fahren wollte, wo er so glücklich gewesen war mit der Familie Pachler und anderen … Er glaubte, dass Sparsamkeit von Gott aufgetragen war, aber er hielt sie auch für vernünftig … Er liebte Franz sehr und verzieh ihm alles, und nie hätte er ihn geschlagen … Es war deshalb falsch von … Nein, mein Herr, bitte schreiben Sie das nicht … Franz selbst hätte erklären müssen, dass es sich nur um einen poetischen Traum handelte …

Nein, mein Herr, Vater verachtete nicht alle weltlichen Freuden. Oft erzählte er Mama, dass er dies und das über Franz gehört hatte, dass er viele vornehme Freunde besaß, die sich oft trafen, um seine Musik zu hören, und dass Vogl und Baron Schönstein und Sophie Müller und andere seine Lieder sangen und diese Zusammenkünfte Schubertiaden genannt wurden. Dann nickte er zufrieden und meinte, Franz sei glücklich in der Gesellschaft vieler fröhlicher Freunde. Als er uns dies erzählte, kam ein kleines Lächeln auf seine Lippen, und er hatte Staunen in den Augen, aber es lag auch eine Ängstlichkeit darin, und das war der Grund, warum wir ihn lächeln sehen sollten … Denn als Franz zum ersten Mal krank wurde, blieb er bei uns, und die Krankheit wollte ihn nicht verlassen, und Papa wusste, dass er nie wieder wahrlich glücklich sein konnte … Nein, mein Herr, in unserer Anwesenheit sprach er nie darüber, und bis zum Ende auch nicht mit Mama, wie sie mir erzählt hat. Und manchmal bat sie ihn, uns von Franz in seiner Jugend zu erzählen, damit er lächelte und seine Sorgen vergaß …

Sehr oft erzählte er uns, dass er in einem Quartett mit Ignaz und Ferdinand das Cello spielte, als Franz noch im Konvikt war … Franz spielte die Bratsche, und obwohl er der Jüngste war, wagte er es, das Spiel zu unterbrechen und zu sagen: »Herr Vater, da muss was gefehlt sein.« Papa lächelte sehr stark, als er uns die Geschichte erzählte. »Franz hat das äußerst höflich gesagt«, sagte er. »Ich war bestimmt der Schlechteste, aber das machte mir nichts aus, weil schließlich ich ihm das Geigespielen beigebracht hatte und sehr streng mit ihm war.« Das stimmt, mein Herr, er war immer streng mit uns, nicht weniger als mit seinen Schulkindern, und gestattete keine Nachlässigkeit in der Arbeit, im Leben oder der christlichen Glaubensführung... An dieser Stelle unterbrach dann Ignaz und erinnerte uns daran, dass er Franz das Klavierspielen beigebracht hatte... Und Papa lächelte auch, als er uns von dem Tag erzählte, als er Franz zum Vorsingen zu Salieri brachte und er einen weißen Kittel trug, so dass die anderen Kinder ihn auslachten und ihn den Sohn eines Müllers nannten...

Woher soll ich wissen, was Vater *dachte,* als er erfuhr, dass Franz mit seinen Freunden bis spät in die Nacht ausging und rauchte und redete und trank? Hätte er nicht auch stolz gewesen sein können darauf, dass er von Hochgestellten bewundert wurde und er es war, der sie zusammenbrachte...? So streiten sich Liebe und Schmerz in uns... Über Franz von Schober habe ich noch nicht genug berichtet...? Vater kannte ihn mit Sicherheit, denn er kam oft ins Haus, als Franz noch ein Schullehrer war... Aber soweit ich mich erinnern kann, sprach Vater nur einmal von ihm, er sagte, er sei ein *Schwede...* Als ich dann älter war, bat ich meine Mutter, mich zu einem dieser Abende mitzunehmen, aber sie meinte, ich wäre noch zu jung, und wir wären nicht eingeladen … Erst als ich zwölf war, besuchten wir das Haus von Josef von Spaun … Das will ich Ihnen ein anderes Mal erzählen, denn heute haben Sie mich nach meinem Vater gefragt …

Wann Franz zusammen mit Johann Senn von der Geheimpolizei verhaftet wurde …? Warum halten Sie das denn für *wichtig* …? Ich werde nicht … Vater hat nie mit uns darüber gesprochen … Mama sagte einmal, es gäbe unter den Armen und den Studenten Gerede von Revolution, das machte Vater wütend, und er sagte, dass nichts die materielle Not beenden könnte außer Arbeit und Gehorsam und Lernen und Wohltätigkeit … Und er sagte uns, wir müssten immer für den Kaiser beten … Ob er befürchtete, dass die Polizei, sein guter Name …? Ich weiß es nicht, mein Herr … Bitte … Habe ich Ihnen denn nicht gesagt, dass er von der Obrigkeit sehr geschätzt wurde …?

Nein, er war streng, aber er war selten zornig … Als ich noch ein kleines Kind war, schrieb er einmal eine Eingabe an die Kirche mit der Bitte, Franz solle gezwungen werden, als Lehrer an die Schule zurückzukehren … Und ich sah, dass Franz Vater den Brief entriss und rief, er werde nie wieder ein Schulmeister sein und müsse frei sein für seine Musik … Und auch Vater war zornig. Dann sah Mama, dass Maria und ich in der Tür standen und alles verfolgten, und zog uns weg und versuchte, unsere Ohren mit ihrer Schürze zu bedecken. Später fand ich dann den Brief auf dem Boden, er war zerrissen, und ich gab ihn Mama, die mich auf ihren Schoß hob und mir über die Haare strich und meinte, ich dürfe nicht weinen, weil die Sache ausgestanden sei, und dass Papa doch nur das Beste für uns alle wollte, weil er uns liebte … Und ich bat sie, den Brief zu vernichten, aber später sagte sie mir, dass sie es nicht getan hatte, weil genug vernichtet war, woran man sich nie mehr erinnern würde … Andere mögen davon erzählen, aber was sie Ihnen nicht sagen werden, ist, dass Vater ihm vergeben hatte, denn er hätte den Brief ja noch einmal schreiben können, doch das hat er nicht getan …

Sie sind kein Katholik …? Das ist nicht so wichtig. Auch hier gibt es einige Protestanten, und einige sind so frei zu denken, was sie wollen … Der Wahrheit halber sollte ich eingestehen, mein Herr, dass Franz schlecht von den Priestern dachte, aber nicht so schlimm wie mein Bruder Ignaz … Ja, mein jüngerer Bruder ist ein Priester … Haben Sie Geduld, dann erzähle ich es Ihnen vielleicht … Es war das erste Mal, dass sich Franz bei den Esterházys in Zseliz in Ungarn aufhielt … Ferdinand zeigte Mama seinen Brief, in dem stand, dass seine Wäsche gut versorgt werde und dass ihre Mütterlichkeit ihn sehr rühre. Er bat um mehr Taschentücher, Halstücher und Strümpfe und sagte, der Schneider solle ihm zwei Kaschmirhosen anfertigen, und er werde das Geld schicken …

Daran erinnere ich mich, weil Maria und ich Mama halfen, alles einzupacken. Papa gab ihr das Geld, und Franz hat nicht vergessen, es ihm zurückzuzahlen, wie ich von Mama weiß … Und sie sagte mir, dass Ferdinand einen sehr traurigen Brief zurückschrieb, worauf Franz erwiderte, er würde sehr gern mit ihm tauschen, damit Ferdinand wenigstens einmal froh sein könnte, obwohl er zu der Zeit bereits verheiratet war und Kinder hatte … Glauben Sie doch, was Sie wollen, mein Herr …

Und auch Ignaz war eifersüchtig auf Franz wegen der vielen, die ihn liebten und bewunderten … Ich habe den Brief gesehen, den er Franz schrieb und in dem er sagte, er wäre ein elendes Schullasttier und einer Unmenge von Rohheiten ausgesetzt und einem undankbaren Publikum und dummköpfigen Bonzen unterworfen und dergleichen Worte, die voller Beleidigungen waren … Er sagte, in unserem Haus wäre es so schlimm, dass niemand mehr lachte, wenn er eine humorvolle Geschichte über Aberglauben aus seinen Bibelstunden erzählte. Und er sagte, ein geheimer Zorn hätte ihn gepackt, weil er Freiheit nur dem Namen nach kannte und Franz beneidete, der nichts zu tun hatte, außer in Ungarn seine Musik zu schreiben und junge Gräfinnen zu unterrichten …

Und er schärfte Franz ein, keine religiösen Themen anzuschneiden, wenn er ihm und Papa gemeinsam schrieb … Ich wollte es Ihnen eben erzählen … Bevor Ignaz starb, zeigte er mir einen Brief von Franz, in dem er über die Priester schimpfte, er nannte sie bigottisch wie ein altes Mistvieh, dumm wie ein Erzesel und roh wie ein Büffel, die auf der Kanzel Totenschädel zur Schau stellten ... So, jetzt wissen Sie es ... Lächeln Sie nur, aber Ignaz war, was man einen *Freidenker* nannte, und es gab vieles, was er vor Vater verbarg, und seine Schultern waren gebeugt, und er war oft voller Zorn und Verbitterung ... Ja, er heiratete. Sie war eine Witwe, die drei Kinder hatte, und er war zu der Zeit über fünfzig ... Nein, er hatte keine eigenen Kinder und blieb sein Leben lang Schullehrer, und oft meinte man, er wäre am liebsten nicht er selbst ... Nein, mein Herr, das hätte ich nicht sagen sollen. Denn in unserer Familie wurden wir um unserer selbst willen geliebt, auch Ignaz. Und Franz sagte ihm einmal, er sei und bleibe der alte Eisenmann, und Ignaz schrieb: »Ich liebe dich und werde dich ewig lieben, und hiermit punctum. Du kennst mich ...« Und so war es mit uns allen ...

Wenn Papa noch lebte, wäre er ausgesprochen stolz auf meinen jüngeren Bruder Antonius, der Benediktinermönch und schon jetzt ein sehr guter Prediger ist. Wenn er seine Predigten vorbereitet, hört er manchmal Papas Stimme, das hat er mir erzählt, und er spielt sehr gut Geige und deshalb, sagt er, spricht auch Franz durch ihn ... Franz schrieb zwar an Ferdinand, dass im Namen Christi viel Schändliches geschehe, aber Sie dürfen deshalb nicht denken, er sei gottlos gewesen ... Denn

Papa las uns seinen Brief über sein Lied an die Heilige Jungfrau vor, das alle Gemüter ergreife und zur Andacht stimme, und er schrieb, Papa solle wissen, dass er an Christus glaubte, wenn es ihn unwillkürlich überkam und ihm nicht aufgezwungen wurde. Papa las uns das alles sehr nachdenklich vor und versuchte nicht einmal, es zu erklären …

Als Franz das erste Mal von den Esterházys zurückkehrte, war ich erst drei Jahre alt, und er kam bei Herrn Mayrhofer unter … Franz schrieb sehr viele Lieder zu seinen Gedichten, aber er konnte ihn nicht zufriedenstellen, denn er nahm sich das Leben, was nicht christlich ist … Aber viele tun es, wie Grillparzers Bruder, was Ignaz uns erzählt hat …

Sie stellen viele Fragen, mein Herr, wie Herr Luib … Natürlich kann ich Ihnen nicht sagen, ob Franz in die Gräfin Karoline Esterházy *verliebt* war oder in eine andere Frau … Andere stellen vielleicht so *neugierige* Fragen, aber wer kann sie davon abhalten …? Einige sagen, es war Therese Grob, deren Vater eine Seidenfabrik besessen hatte und die Franzens erste Messe gesungen hatte, als sie noch ein Kind war. Sie hatte ein pockennarbiges Gesicht und war die Nichte von Ignazens Frau. Ich habe sie zweimal singen hören, und sie hat einen sehr großen Mund zum Singen … Sie heiratete einen Bäcker, als Franz dreiundzwanzig Jahre alt war, weil ihre Mutter es so wünschte und ihr Vater bereits tot war… Mama sagte mir, dass Franz nicht über sie sprechen wollte und er sich abwandte und verstummte, wenn ihr Name fiel…

Das Stubenmädchen in Zseliz? Woher haben Sie diesen Tratsch, der für mich *vulgär* ist…? Franz nannte sie ebenfalls Pepi, und er schrieb nur, dass sie ihm Gesellschaft leistete. Warum auch nicht? Als er das zweite Mal nach Zseliz ging, überbrachte sie uns seine Briefe, und ich kann Ihnen nur sagen, dass sie hübsch und einfach und fröhlich war… Ob sie ihm weiterhin Gesellschaft leistete…? Weil es ihr hätte schaden können…? Wie hätte er über so etwas mit einer Schwester sprechen können, die noch ein Kind war…? Auf gar keinen Fall, mein Herr, nicht einmal auf seinem Sterbebett. Mama sagte, ich sollte nie dies oder das über Franz vermuten, denn das wäre alles nur dummer Klatsch, und es hätte ja auch keinen Sinn… Er sagte mir nur, dass ich eine hervorragende Gattin abgeben und viele Kinder haben würde, aber er würde nie heiraten, hätte er doch Maria und mich und unsere kleinen Brüder und bräuchte niemand anders…

Die Gräfin Karoline? Wieder fragen Sie… Mama sagte mir, sie hätte sie einmal gesehen, wie sie ihren Reifen über die Straße trieb, als sie schon eine erwachsene Frau war, und sie würde Zseliz so sehr lieben, dass sie einmal gesagt hätte, wenn es im Himmel nicht genauso schön sei, dann wolle sie gar nicht in den Himmel ... Sehr kurz war sie mit einem Soldaten verheiratet ... Es hieß törichterweise, in seinem Herzen hätte Franz seine ganze Musik ihr gewidmet, aber er sagte einmal dasselbe über seine ganze Familie, als wir alle zusammensaßen und er für uns spielte und sang ... Und andere behaupteten, er hätte so viele Stücke für vier Hände geschrieben, damit er dicht neben ihr sitzen konnte. Was halten Sie davon, mein Herr ...? Ein hübscher Gedanke, sagen Sie, aber gibt es nicht bereits genug, worüber unablässig geredet wird, nur weil es *hübsch* ist?

Niemand konnte Vater kennen, der ihn nicht lächeln sah, wenn er sich daran erinnerte, wie Franz das Quartett unterbrach, um ihm zu sagen, dass er nicht ganz richtig spielte, und an den Tag, als er ihm das Klavier schenkte, und an den Morgen, als er ihn zum Vorsingen zu Salieri brachte und Franz dabei aussah wie der Sohn eines Müllers ... Und wie fesch er aussah in seiner Konvikts-Uniform, mit dem Dreispitz und dem weißen Halstuch und dunkelbraunen Rock mit einer Goldepaulette auf der Schulter und glänzenden Knöpfen und Kniebundhose und Schnallenschuhen ... Ferdinand erzählte uns, er hätte geweint, als er sich von Mama und Papa verabschiedete, hätte dann aber auf das Gold auf seiner Uniform hinuntergeschaut und wäre wieder ruhig und selbstbewusst geworden ... Salieri war immer sehr freundlich zu ihm und ermutigte ihn sehr und sagte einmal zu Vater, er könnte so werden wie Mozart … Aber Ignaz spottete darüber und meinte, Franz spreche kein Italienisch und Salieri kaum Deutsch, wie könnten sie einander da verstehen …? Und auch darüber musste Vater lächeln … Jeder bewunderte Vater, und er bekam das Bürgerrecht der Stadt Wien und sollte die Ehrenmedaille erhalten, aber ich glaube, das habe ich Ihnen bereits erzählt …

Wenige Tage vor ihrem Tod sagte ich zu Mama, dass Vater immer nur über Gott redete und ich nie wusste, was er wirklich dachte. Und sie sagte, ihr gehe es genauso, aber er habe so viel Tugend in sich, dass es ihm schwerfalle, glücklich zu sein … Dann sprachen wir über die Tage, als Franz uns besuchen kam und mit mir und Maria spielte und wir ihn baten, uns seine Lieder vorzusingen … Am Abend bevor sie starb, als ich allein mit ihr war, erinnerte sie mich an den Tag, als er zwei Lieder nach Gedichten von Mayrhofer sang, bei dem er zu der Zeit wohnte … Sie handelten von Winden und Stürmen auf der Donau, und Maria und ich standen links und rechts von Mama, und sie hatte ihre Arme um uns gelegt, und als er fertig war, klatschten wir, und er drehte sich um und fragte: »Haben sie euch wirklich gefallen?«, als könnten sie nicht gut sein, wenn wir sie nicht mochten. Obwohl ich erst vier Jahre alt war, nahm ich Mamas Hand von meiner Taille und ging zu ihm, und er setzte mich auf sein Knie und küsste mich auf die Stirn und nahm meine Finger und legte sie auf die Tasten, so dass ein Ton erklang, und sagte: »Soll ich meiner kleinen Pepi auch beibringen, wie man Klavier spielt und meine Lieder singt?« Und ich klammerte mich an ihn, als würde ich ihn nie mehr loslassen wollen, und fing an zu weinen, weil ich mich an seine Lieder erinnerte, obwohl ich sie noch nicht verstehen konnte ... Ich habe Ihnen das erzählt, mein Herr, weil ich, während Franz spielte, zu Papa hinüberschaute, um herauszufinden, was er dachte, und er hatte keinen Tadel im Gesicht und lächelte die ganze Zeit ... An diesem Tag war Theresia bei uns und auch Karl, und Mama sagte, auch sie hätte am liebsten geweint, als sie mich in Franzens Armen sah, als wäre ich sein Kind ...

Sie starb im letzten Jahr um drei Uhr in der Früh, und ich war bis zum Ende bei ihr. Wir sprachen über Franz und viele andere Dinge, doch er gehörte immer dazu, und draußen stürmte es zu laut für unsere Stimmen, und als der Tag anbrach, war alles sehr still, und es schneite ...

Darüber sprachen Mama und ich, als sie im Sterben lag, über Franz und Papa ... Sie erzählte mir, dass Papa ihm viele wunderbare Briefe geschrieben hatte und eines Tages die ganze Welt sie lesen würde ... Nein, mein Herr, ich habe es Ihnen bereits gesagt, ich weiß nicht, warum er Franz nicht besuchte, als er im Sterben lag. Von der Rossau bis zur Neuen Wieden ist es weit, und Papa war immer sehr beschäftigt, und eine Kutsche konnte er sich nicht leisten … Er war ein ausgezeichneter Vater, der nie ein Kind abweisen konnte, auch wenn es arm war, das hat Mama mir oft erzählt …

Das ist alles, was ich Ihnen über meinen Vater sagen kann … Aber nichts, was ich sage, könnte ihm gerecht werden …

IV

Seien Sie mir noch einmal herzlich willkommen, mein Herr … Schauen Sie, ich habe Ihnen wieder Gebäck gekauft, da Sie es so gelobt haben …

Sie wollen mehr über den armen Herrn Mayrhofer hören …? Bei ihm wohnte Franz, als er das erste Mal von den Esterházys aus Ungarn zurückkehrte. Ferdinand schrieb ihm, Vater habe ihm gesagt, dass Maria und ich immer fragten, wann er nach Hause käme, und dass die Zeit ohne ihn sehr lang werde. Und deshalb waren wir sehr enttäuscht, als er danach woanders hinging, aber er sagte uns, wir müssten nicht traurig sein, weil er uns oft besuchen würde …

Mayrhofer war ein Regierungszensor, und deshalb hatten einige Angst vor ihm … Es lag daran, dass er arm war und unbedingt eine Anstellung finden musste, deshalb konnte man es ihm nicht verdenken. Er war nicht wie Schober, der dies und das ausprobierte und meistens nichts tat … In diesen Tagen Metternichs zerbrachen sich viele den Kopf darüber, was nicht gesagt oder geschrieben werden durfte … Er war viele Jahre älter als Franz, und sie lernten sich in seinem Hause kennen, bevor ich geboren wurde. Er schrieb, dass Spaun Franz an der Hand in das Zimmer geführt hätte, und danach schrieb Franz viele Lieder zu seinen Gedichten, fast so viele wie zu Goethes, wie Ferdinand uns erzählt hat. Und er sagte, sie hätten ihm erst gefallen, wenn Franz sie vertonte … Irgendwo steht geschrieben, dass Mayrhofer den ganzen Tag Franzens Melodien gesummt oder gepfiffen hat, und jetzt kann seine Seele in Frieden ruhen, weil er durch Franz immer im Gedächtnis bleiben wird …

Ich sehe ihn noch sehr, sehr deutlich vor mir. Er hatte lebendige, blaue Augen und trug die Haare über die Ohren nach vorne gekämmt, doch er wirkte streng … Er war sehr gelehrt, doch manchmal lachte er derb und sprach unseren österreichischen Dialekt, was manche als komisch erachteten … Mama sagte, sie habe sich in seiner Gegenwart nie wohlgefühlt, denn er war innerlich zerrissen und manchmal schüchtern und unbeholfen und manchmal zu redselig, und er rauchte unaufhörlich. Und manchmal waren seine Lippen fest verschlossen, damit nichts Unschickliches über sie käme … Am Tag des Requiems für Franz kam er ins Haus, und bald darauf schrieb er sehr freundlich über ihn, sagte, dass er kein Falsch und keinen Neid in sich gehabt hatte und dass er bescheiden und offenherzig wie ein Kind gewesen war … Vielleicht lesen Sie ja seine Erinnerungen in einem Buch mit seinen Gedichten, das viele Jahre nach seinem Tod veröffentlicht wurde … Einen Augenblick, mein Herr, ich werde es Ihnen holen … Nein, Schobers Gedichte sind nicht in meinem Besitz …

Aber natürlich, mein Herr, Sie können es mitnehmen, falls Sie die Zeit finden, mich vor Ihrer Rückkehr nach England noch einmal zu besuchen … In Wien gibt es viele Lustbarkeiten, und Sie sollten auch andere Teile unseres schönen Landes besuchen, damit Sie Ihren Freunden davon erzählen können … Sehen Sie, hier schreibt er, er hätte unser Haus viele Male besucht und versucht, Vater zu trösten, indem er versicherte, dass Franz sich am Ende durchsetzen und die ganze Welt ihn anerkennen würde … Und so wird es auch sein, allerdings erst lange nach meinem Tod, wenn wir alle wieder in Gottes Schoß vereint sind und Vaters Gesicht leuchten wird vor Freude, weil Mayrhofer recht hatte … Das sagt zumindest mein Bruder Antonius, der ein sehr guter Prediger ist, wie ich Ihnen bereits erzählt habe … Mayrhofer war Student der Rechte und der Theologie, und Ignaz meinte, das wäre der Grund, warum Vater ihm so ehrerbietig zuhörte und ihm Franzens Briefe zeigte. Aber er sagte es widerwillig, denn er und Vater konnten sich in religiösen Dingen nie einigen, und manchmal weigerte er sich, im Quartett mitzuspielen, weil er nicht so tun wollte, als würde es ihm Vergnügen bereiten … Nein, es war nicht immer so, ich erinnere mich, dass er auch einmal in die Hände klatschte und vorschlug, Vaters Namenstag mit einem Ständchen zu feiern, und als wir spielten, bemühte er sich nach Kräften, fröhlich zu sein …

Was lesen Sie da, das Sie zum Lächeln bringt …? Wenn Sie es mir zeigen wollen … Dass Franz in Vaters Haus nur ein elendes Klavier hatte, dass Vater aber sehr *würdig* war …? Habe ich Ihnen denn nicht bereits erklärt …? Seien Sie so freundlich, mein Herr, und überlegen Sie einmal, woher er das Geld für ein besseres Instrument hätte nehmen sollen … Dass Franz seine Musik vernachlässigte, weil er sich so gerne den Vergnügungen hingab? Das dürfen Sie *niemals* glauben, mein Herr … Wie sollen denn Fremde die Wahrheit entdecken, wenn sie stets mit Falschheit vermischt ist …?

Eine Zeitlang waren Franz und Mayrhofer glücklich miteinander, und manchmal neckten sie einander auch. Mama erzählte mir, er hätte einmal einen Stock erhoben und Franz angeschrien: »Was hält mich denn ab, dich niederzuschlagen?«, und Franz hätte erwidert, er wäre doch nur ein wilder Verfasser … Ich habe gehört, man hätte ihn »Waldl« gerufen, was der Name eines Hundes ist … Sie hatten so viele verschiedene Namen füreinander … Franz wurde von seinen Freunden in Graz »kleines Schwammerl« gerufen, was mir sehr töricht vorkam. Ich habe nur »Franzl« oder »Bertl« oder manchmal »Canevas« gehört … Denn wenn er von jemand Neuem hörte, fragte er, ob derjenige irgendetwas gut könne …

Kann er was …? Ich glaube es nicht, mein Herr, und es gibt *viele* Dinge, die Sie gut können … Ach, Sie sind auch ein Dichter …? Sie sind sehr bescheiden, mein Herr … Ich bin mir sicher, Sie sind ein ausgezeichneter Dichter, und Sie sollten mir Ihre Verse schicken … In diesen längst vergangenen Tagen wurde vieles im Spaß und in Freundschaft gesagt, was manchen frivol erscheinen mag …

Nein, Mayrhofer besuchte Franz nicht, als er im Sterben lag, und Franz sprach nicht von ihm … Von vielen anderen hat er gesprochen, sehr vielen, wenn wir alleine waren und das Fieber von ihm Besitz ergriffen hatte … Die Fröhlich-Schwestern und Schwind und Vogl und Johann Senn und Schober und … Nun gut … Sollten Sie noch einmal kommen …

Ob Mayrhofer unbeliebt war, weil er das Zensoramt ausübte …? Ob er die Welt hasste, weil er sich selbst hasste …? Was Männer, und auch Frauen, alles in sich verbergen, als würden sie sich selber zensieren …? Ich bin nur eine einfache Hausfrau und kann keine Dinge erforschen, die dunkel und geheimnisvoll sind und für den Verstand unerreichbar in den Tiefen der Seele lauern … Sie sollten andere finden, die Ihnen solche Fragen möglicherweise beantworten können. Vielleicht wird es eines Tages Ärzte der Seele geben, die mehr von Träumen und ungewollten Sehnsüchten verstehen als alle

Priester … Mein Bruder Anton sagt, dass die Menschen Erlösung nur durch Christus im Gebet finden können, aber das ist seine Berufung, und solche Wiederholungen stellen nicht jeden zufrieden …

Mayrhofer stürzte sich aus Angst vor der Cholera aus dem Fenster seines Büros … Nein, mein Herr, mich hat das nicht sonderlich entsetzt … Es war in seinem fünfzigsten Lebensjahr … Seine Knochen waren gebrochen, aber er starb nicht sofort … Es geschah im Februar 1836, was ich noch weiß, weil ich kurz davor Anton Zant heiratete, der zwei Jahre später mit nur neunundzwanzig Jahren starb … Auch er war ein Lehrer … Ferdinand sagte uns, es wäre nicht das erste Mal gewesen, dass Mayrhofer versucht hatte, seinem Leben ein Ende zu setzen, denn nach dem Fall Warschaus hatte er sich in die Donau gestürzt … Nein, ich finde es nicht so faszinierend, dass ein Mann ein Liebhaber der Freiheit und gleichzeitig ein Zensor sein kann …

Ich war zu jung, um sein Zimmer zu besuchen, aber Mama hat es gesehen. Das Haus lag an der Wipplingerstraße … Sie brachte Franz seine Kleider dorthin, als sie sie gewaschen hatte. Sie wohnten in einem Zimmer im dritten Stock, und Mama erzählte, dass es schmal und dunkel war und voll des üblen Gestanks von Pfeifenrauch und die durchhängende Decke voller Risse. Sie sagte, Franz habe einen fadenscheinigen Hausmantel getragen, und sie hätte ihm sehr gern einen neuen gekauft … Nein, mein Herr, bitte rauchen Sie Ihre Zigarre ruhig weiter. Es gehört zu unseren Wiener Bräuchen, dass Männer in Anwesenheit von Frauen nicht rauchen sollen. In England gibt es eine derartige kleinliche *Etikette* sicherlich nicht …

Und Mama erzählte Vater, dass an einer Wand des Zimmers ein Bild von Jesus am Kreuz hing, was ihn sehr freute … Und sie versicherte ihm, dass Franz von den frühen Morgenstunden bis um zwei Uhr schwer arbeitete, worauf er heftig nickte, aber nichts sagte …

Mama sprach nie schlecht von irgendjemandem, aber nach Franzens Tod erklärte sie uns, dass Mayrhofer ein *düsterer* Mann war, der manchmal kindische Streiche spielte, die Franz nicht mochte. Eines Tages ging sie die Stiege hoch und hörte die beiden streiten … Es ging um Geld, und es war nicht im Spaß … Dann lächelte sie und sagte, wahrscheinlich war es Franzens Schuld, denn was er an Geld hatte, sparte er nicht, sondern gab es gedankenlos seinen Freunden. Und so war er eben, sagte Mama, und Maria war dabei und ging zu ihr, und lange Zeit drückte Mama sie an sich, flüsterte beruhigend auf sie ein und drückte ihren Kopf an die Brust …

Und Mama lächelte sehr viel, wenn sie sich daran erinnerte, wie Franz uns besuchen kam und, kaum dass

Papa nicht mehr dabei war, zu ihr sagte: »Mutter, soll ich mal ein wenig suchen?« Dann schauten Maria und ich und der kleine Andreas überall nach und folgten Franz kichernd und plappernd. Und er zeigte großes Erstaunen, als er zwischen den Strümpfen in ihrer Kommode zwei Zwanzig-Kreuzer-Stücke fand, die Papa ihr aus dem Erlös des Verkaufs von Schulbüchern gegeben hatte. Und sie keuchte auf und hielt sich die Hand vor den Mund und tat verwundert, als wäre das Geld durch Zufall dorthin gekommen. Und dann tat sie, als wäre sie sehr betrübt, und sagte, dass er es behalten musste, da er es gefunden hatte, und Franz sagte, jetzt könnte er sich einen angenehmen Nachmittag machen, und wir baten ihn, uns mitzunehmen … Wenn Mama das Geld versteckte, flüsterte sie uns zu: »Vielleicht kommt Franz nächsten Sonntag, und wir müssen es vor ihm verstecken, damit er es nicht findet.« … Papa wusste natürlich, dass sie Franz dieses Geld gab, denn er fragte nie, was daraus geworden sei. Und wenn Franz uns wieder verließ, umarmte Papa ihn und schaute Mama an, wie um ihr zu danken, weil sie ihn glücklich gemacht hatte … So war es, als wir noch kleine Kinder waren und Franz Spielchen mit uns spielte und ach, wie viel Freude war doch in unserem Haus …! Er hätte nicht schreiben sollen, dass nichts durch Freude verstanden werden kann und es allein der Schmerz ist, der den Verstand schärft und den Charakter stärkt …

Verzeihen Sie mir, mein Herr, was habe ich eben gesagt …? Es ging um Herrn Mayrhofer … Eines Tages ging Mama dorthin, und Franz lag um elf Uhr vormittags noch im Bett, weil er den Abend in einem Wirtshaus zugebracht hatte, und Herr Mayrhofer spielte die Gitarre und sang eins von Franzens Liedern, sehr unmelodisch, wie Mama sagte … Nein, mein Herr, Herrn Sonnleithner kenne ich nicht, mit dem müssen Sie vielleicht selbst sprechen. Er ist jetzt ein Richter und kann deshalb sagen, was er will, über Franz oder sonst jemanden … Dass er ohne Herrn Vogl noch weiter ins Gewöhnliche abgeglitten wäre, wegen anderer Einflüsse? Dass er oft betrunken war und einmal in einem Haus in der Vorstadt hatte übernachten müssen, weil er nicht mehr in der Lage war, nach Hause zu gehen? Welchen Nutzen will man aus solchen Gerüchten ziehen, die doch allesamt nur *Dummheit* sind …? Mich dürfen Sie nicht fragen, ob Wahrheit darin steckt … War ich denn nicht nur seine Halbschwester, die ihn ebenso gut kannte wie jeder andere? Hätte ich mit ihm in die Kaffeehäuser und Schänken gehen sollen, um ihn besser kennenzulernen? Ist es denn verwerflich, dass er mit seinen Freunden fröhlich war, bei all der Verzweiflung und Krankheit, die manchmal in ihm waren …? Ist das der einzige Grund, warum Sie mich besuchen kommen? Sind die Wiener denn nicht bekannt, sogar im weit entfernten England, für ihre Liebe zur Fröhlichkeit …? Sogar Vater sagte zu Franz, wir sollten die unschuldigen Freuden des Lebens in Maßen und mit

Gott dankbarem Herzen genießen, doch sollten wir auch in düsteren Umständen das Gemüt nicht sinken lassen, denn auch Sorgen sind eine Gnade Gottes und führen jene, die sie mannhaft erdulden, zum glorreichsten Ziel ... Und so weiter, und so fort ... Es *schickt* sich nicht, solche Fragen zu stellen ...

Mayrhofer habe ich nur einmal wiedergesehen, nach Franzens Requiem. Das war vor meiner Hochzeit, und zwar auf dem Stephansplatz. Ich grüßte ihn, nannte ihm meinen Namen und sagte, dass er uns oft besucht hatte. Aber er erkannte mich nicht, er starrte mich nur wild an, und in seinen Augen war ein Entsetzen wie Wahnsinn. Mein Bruder Karl erzählte mir, dass er oft allein in seinem Zimmer saß, rauchte und zum Fenster hinausstarrte. Und wenn er Karten spielte, brach er oft plötzlich ab und redete unaufhörlich über das Schicksal, rief, dass der Mensch nicht besser wäre als eine Fliege im Netz einer riesigen Spinne und andere, ähnlich unheilige Sätze, die Gottes Vorsehung leugneten ... Nach Franzens Tod füllte sein Herz sich mit Bitterkeit, und er hasste die Verderbtheit des Menschen ... Mein Bruder Antonius sagt, dass diejenigen, die Gottes Heiliges Wort und die Liebe Christi leugnen, ohne die Gnade Gottes in Verzweiflung leben müssen und dass es Menschen gibt, die in sich ihre eigene Hölle erschaffen ... Was über meinen Verstand geht, denn ich wurde erzogen in den schlichten Wegen der Heiligen Katholischen Kirche, die uns lehrt, wenn wir durch Christus zu Gott sprechen, werden unsere Gebete erhört … Ich lächle, mein Herr, denn solche Worte kommen mir leicht über die Lippen … Sie gehören der Kirche von England an? Es freut mich, das zu hören …

Und so geschah es, dass wenige Tage, nachdem ich Mayrhofer gesehen hatte, ein Arzt ihm sagte, dass die Cholera wieder ausgebrochen war, und er hörte auf, Karten zu spielen, und weigerte sich zu trinken, weil er behauptete, das Bier wäre voller Cholerakeime. Am nächsten Tag erzählte ihm ein Freund im Büro, dass die Amme seines Kindes daran gestorben war, und so ging er die Stiege in den dritten Stock hinauf und stürzte sich aus dem Fenster. Obwohl sein Körper verdreht und zerschmettert war, lebte er noch, und auf dem Weg zum Spital fand man einen Priester, der ihm die Sterbesakramente spendete … und Ignaz sagte, auf diese Weise haben Priester immer das letzte Wort, weil man ihnen nicht mehr widersprechen kann …

So war also der Mann, bei dem Franz in der Wipplingerstraße wohnte … Wenn Sie wollen, können Sie gern glauben, dass er aus Angst vor der Krankheit Franz an seinem Totenbett nicht besuchte, aber niemand fürchtete sie mehr als Ferdinand, weswegen Franz ihn oft neckte … Nein, mein Herr, verheiratet war Mayrhofer nie. Es hieß, er hätte die Frauen nicht gemocht, aber wie hätte er sie mögen können, da er doch die gesamte Menschheit nicht mochte ...? Wie Sie in seinem Buch lesen werden, schrieb er, dass Franz immer treu war, mal schwermütig, mal leutselig, doch da spricht er vielleicht nur für sich selber ... Mama redete nie schlecht über ihn, trotz der Melancholie und Gottlosigkeit, die er in sich hatte, denn er lobte Vater gegenüber Franz so sehr und versuchte, ihn zu trösten ...

Ja, er sprach mit mir an diesem Tag auf dem Stephansplatz. Lange starrte er mich nur an, als versuchte er einerseits, sich an mich zu erinnern, und sträubte sich andererseits dagegen. Dann stöhnte er und starrte hinter mir auf den Boden, als hätte sich dort gerade sein Grab geöffnet. »Kleiner Franzl, wo bist du? Wo bist du jetzt? Warum hast du mich verlassen ...?« Dann wurden seine Sätze schnell und wirr, so dass ich sie nicht verstehen konnte, über die Grausamkeit der Welt und das Leiden der Menschheit. Und es lag eine große Verachtung in seiner Stimme, wie für sich selbst, denn er schien mich nicht zu sehen und glaubte, er sei allein. Eine Frau, die neben uns Brot und Gemüse verkaufte, fing an, ihn auszulachen. Leute, die an uns vorbeigingen, starrten ihn an, und auf der anderen Straßenseite stand auf Krücken ein Bettler mit nur einem Bein, der einen zerrissenen Soldatenrock trug, und er streckte die Hände nach uns aus, und an einer hatte er keine Finger, und auch er fing an zu lachen ...

Dann verstummte Mayrhofer plötzlich und schaute mir starr in die Augen, als wäre ich eine Fremde, die ihm im Weg stand und deren Seele er ergründen wollte … Dann öffnete sich sein Mund zu einem Lächeln, und seine Augen leuchteten blau und klar wie der Himmel, und ich dachte mir, dass er sich nun endlich an mich erinnerte oder er Franzens Gesicht in meinem gesehen hätte. Doch unvermittelt änderte sich sein Ausdruck wieder und wurde gramzerfurcht, und er sang ein paar Fetzen des Liedes *Nachtviolen,* das er geschrieben hatte, strich sich mit den Fingern über die Brust, als würde er Gitarre spielen, und fragte sehr leise: »Wie ist dies? Wie ist das? Meine Gedichte sind nichts ohne deine Musik.« Und dann war er wieder ruhig und nickte höflich, entschuldigte sich, da er nun endlich in mir Franzens Schwester erkannte, und sagte: »Es ist seine geliebte Pepi … Bitte richte deinem würdigen Vater meine Hochachtung aus«, obwohl er zu der Zeit seit langem tot war …

Als ich dies Mama erzählte, war auch Ignaz dabei und sagte, dass diejenigen, die manchmal mürrisch und manchmal redselig sind, beides zugleich sein können, und kein Priester sollte versuchen, sie zu retten, und man sollte es Gott dem Allmächtigen überlassen … Und aus diesem Grunde überraschte sein Tod mich nicht, aber meine Gedanken waren auch abgelenkt, denn ich sollte kurz darauf Herrn Zant heiraten, der selbst weniger als zwei Jahre danach sterben sollte … Ja, mein Herr, ich habe viel Kummer durchlebt, und es ist für alle dasselbe, und viele müssen vor ihrer Zeit sterben und das nicht nur auf den Schlachtfeldern …

Verzeihen Sie mir, mein Herr, ich habe Ihnen keinen Kaffee mehr angeboten, und das Gebäck ist aufgegessen … Und jetzt schauen Sie auf Ihre Uhr und haben noch eine andere Verabredung, die wichtiger ist … Ich wäre hocherfreut, Sie noch einmal zu sehen, wenn Sie bei Ihren anderen Ablenkungen die Zeit erübrigen können … Es tut mir leid, dass meine Erinnerungen an Mayrhofer dürftig und nicht von Interesse sind, denn schließlich ist es ja Franz, wegen dem Sie mich besuchen kommen …

Mama hat nie schlecht von Mayrhofer oder sonst jemandem gesprochen. In ihren letzten Stunden hat sie ihn nicht erwähnt. Sie erinnerte sich an viele Freunde von Franz, vor allem an Moritz von Schwind, der aussah wie ein schelmischer Engel und ihr Porträt zeichnete und versprach, eines Tages auch meins zu zeichnen … Am Ende sprach sie oft von den Tagen, als Franz kam und das Geld zwischen ihren Strümpfen fand und wir ihm flüsternd und plappernd und lachend folgten. »Natürlich wusste Papa es«, sagte sie mir. Als sie alt war, brachte ich Mama oft dazu, diese Geschichte zu erzählen, denn es machte sie glücklich. Manchmal, sagte sie, waren sogar dreißig oder vierzig Kreuzer zwischen den Strümpfen versteckt, und Franz wollte nicht alles an sich nehmen, damit es etwas zu finden gab, wenn er das nächste Mal zu Besuch kam …

V

Meinem Gemahl tut es sehr leid, dass er nicht bleiben konnte, er bittet Sie, ihn zu entschuldigen. Oft habe ich ihm und auch meinen Kindern von Franz erzählt, und vielleicht hat er genug gehört … Nein, mein Herr, er ist sehr erfreut, dass ich mit Ihnen spreche, damit man sich wahrhaftig an Franz erinnert und mir eine Last von der Seele genommen wird, denn vor Ihnen hat noch niemand mich gefragt …

Johann Senn …? Er war mit Franz im Konvikt und wurde hinausgeworfen, weil einer der Studenten ungerechtfertigt eingesperrt worden war und seine Kameraden versuchten, ihn zu befreien, und Senn allein sich nicht entschuldigen wollte, obwohl er arm war, wie Franz, und deswegen seinen Stiftsplatz verlor … Im Hause unseres Vaters durfte er nicht erwähnt werden, und er kam nie zu uns, aus Gründen, die ich Ihnen bereits genannt habe … Fünf Jahre später wurde er dann verhaftet und ins Gefängnis gesteckt und nach Tirol verbannt, was seine Heimat war … Nein, sie trafen sich nie wieder, aber Franz liebte ihn, und sie schrieben einander … Das passierte, als ich fünf Jahre alt war … Ich habe gehört, er wurde

Soldat. Er war ebenfalls ein Dichter, und seine Freunde vergaßen ihn nie … Nur zwei von Franzens Liedern wurden zu seinen Gedichten komponiert, und allein deswegen soll man sich an ihn erinnern … Eins heißt *Schwanengesang*, und es ist kurz und einfach und sehr schön … Nein, ohne Klavier werde ich es Ihnen nicht vorsingen …

Ich kenne diese Geschichte sehr gut, weil Franz bei seiner Verhaftung dabei war. Er war ein Mitglied der Studentenverbindung, und die Polizei kam in seine Unterkunft, um nach Büchern und Pamphleten zu suchen, und alle dort, darunter auch Bruchmann, benutzten beleidigende Ausdrücke, und Senn sagte, die Regierung sei zu dumm, um ihre Geheimnisse zu entdecken … Und als Franz uns besuchen kam, hatte er ein blaues Auge, und Maria und ich liefen zu Mama, um ihr zu sagen, dass er sich geprügelt hatte, und zu Vater sagte er, er wäre nur durch Zufall dort gewesen, und Vater bräuchte sich keine Sorgen zu machen, denn es wäre nur ein Missgeschick gewesen. Aber als Papa dann gegangen war, kam Ignaz, und Franz machte sich große Sorgen und befürchtete, er hätte Schande über die Familie gebracht, und Vater würde darunter leiden müssen …

Später hörte ich Vater zu Mama sagen, dass deutsche Studenten schlimme Ideen nach Wien brachten und Franz keine Freunde wie Senn haben sollte, falls er auf eine offizielle Anstellung hoffte … Ignaz schwieg, und als er mich in der Tür stehen und lauschen sah, führte er mich eilig fort, damit ich nicht noch mehr hörte …

Eduard von Bauernfeld? Erst lange nach der Revolution kam er Mama besuchen, und er fragte nach mir, und sie schickte sofort nach mir … Er versuchte nicht, uns in die eine oder die andere Richtung zu überzeugen, meinte, es sei nichts erreicht worden, wäre aber trotzdem notwendig gewesen … Ferdinand war kurz zuvor gestorben, und er sagte, er sei gekommen, um sein Beileid auszusprechen … Früher einmal hatte er für Herrn Spaun bei der Lotterie gearbeitet, doch jetzt war er sehr berühmt und sehr *umgänglich* auf die Wiener Art, darunter aber lagen Kummer und Zweifel. Ich sagte, wir wären doch nur einfache Leute und auf seinen Besuch nicht vorbereitet, doch er erwiderte nur, wie Franz würde er nichts auf feine Sitten geben …

Dann sagte er, er hätte zu viel geschrieben und mal das eine, dann das andere behauptet, als wäre das eine Schande, und dann fingen die Gedanken an, aus ihm herauszufließen, über richtig und falsch und Ordnung und Freiheit, und manchmal kehrte er auch zu Franz zurück, der, wie er sagte, die aufrichtigste aller Seelen und der wahrste aller Freunde gewesen war, und sonst wäre nichts von Bedeutung, und niemand hätte sich damals vorstellen können, was zwanzig Jahre später passieren würde … Es wären alle so ausgelassen, und keiner wüsste, welches Elend am Rand des Lebens lauerte… Und plötzlich stöhnte er und schloss die Augen und sagte, am liebsten würde er jetzt in Franzens Grab liegen, und seine Stimme klang so gequält, dass ich ihm beinahe glauben konnte… Und er erinnerte sich daran, wie er Franz am Sterbebett besucht hatte, und schüttelte den Kopf, als wären seine Gedanken Fesseln, von denen er sich auf die Art befreien könnte… Seine Stimme zitterte, und er sagte, vor allem hatte er hören wollen, wie Franz noch einmal sein miserables Stück lobte…

In diesen Monaten von 1848 habe ich viele Dinge gesehen… Wie kann ich das alles auf die eine oder andere Art beurteilen…? Nein, es überraschte uns nicht… Denn viele waren ohne Arbeit, und Kaufleute verloren ihre Geschäfte, und junge Leute versammelten sich auf den Straßen und griffen die Fleischer und Bäcker an, und für die Armen gab es Suppenküchen. Und einige gingen in den Prater, um die Bäume für Feuerholz zu fällen… Und in einigen Fabriken wurden die Maschinen zerstört, und viele wurden ausgepeitscht, vor allem die Schuster… Aber einige waren blind und verlustierten sich, als wären die Vorstädte ein anderes Land, die Reichen mit ihren angemalten Kutschen und Häusern voller feiner Möbel und arabischer Teppiche, und diejenigen, die immerzu *tanzten*… Wenn sich die Menschen ans alte Wien erinnern, dann daran, dass es immer fröhlich und verspielt war, bevor die Fabriken gebaut wurden, einige davon von den Engländern, und viele kamen aus den Ebenen und Bergen und anderen Städten, um eine Anstellung zu finden ... Doch viele, die vom *Handel* lebten, wuchsen und gediehen und konnten den Marsch des Fortschritts, wie man ihn nennt, nicht anzweifeln ...

Haben Sie ein wenig Geduld, und ich werde es Ihnen erzählen ... Als der Frühling kam, hörten wir die Soldaten schießen, und einige Studenten wurden getötet, auch Fabrikarbeiter ... Ich ging auf den Markt in der Nähe des Doms und sah, wie sie dort lagen und weggeschleift wurden, und wie ich hörte, war einer ein Schüler von Vater in der Säulengasse gewesen und von Franz unterrichtet worden ... Grillparzer schrieb, die Studenten wären sehr mutig, und manchmal wäre er selbst auch tapfer und manchmal feige, und daran sehen Sie, dass sogar die klugen Köpfe, die für alles Worte hatten, unentschlossen waren und mal das eine, mal das andere sagten ... Fürst Metternich floh deshalb in Ihr Land, aber die Sache war noch nicht beendet, und im Mai rissen sie die Laternenmasten um, und viele Barrikaden wurden errichtet ...

Zu der Zeit heiratete ich zum zweiten Mal, und mein Gemahl befahl mir, nicht auf die Straße zu gehen ... Aber ja, ich habe sie gesehen, die wehenden deutschen Fahnen, und auch Frauen waren dabei, von denen einige Essen brachten, und sogar kleine Kinder, die Ziegel und Bauholz trugen, und die Studenten mit langen Haaren und breiten Hüten und Gewehren mit langen, dünnen Bajonetten wie große Nadeln. Einige Studenten waren auf der einen Seite und andere auf der anderen, und ein paar waren bestimmt früher einmal Schulkameraden gewesen, und ich war damals froh, dass Vater das nicht mehr miterleben musste, hatte er doch immer Brüderlichkeit und christliche Vergebung gelehrt …

Und im Oktober gab es Kämpfe zwischen den Schwarz-Gelben und denjenigen in der Nationalgarde, die eine Revolution wollten, und viele wurden getötet. Dann wurde das Kriegsministerium angegriffen und Minister Latour wurde geholt und an einem Fenster aufgehängt, aber das Seil riss, und seine Leiche wurde an einen Laternenmasten gehängt und in Stücke gerissen … Bauernfeld schrieb, das wären die Ungarn gewesen, aber ich weiß nicht, ob das der Wahrheit entspricht … Und viele flohen aus der Stadt, aber wir konnten nicht weg, denn die Kinder gingen noch zur Schule, und wenn Vater noch am Leben gewesen wäre, hätte er es nicht erlaubt, und wir konnten ja auch nirgends hin, da wir keinen Besitz auf dem Land hatten und unsere ganze Familie und alle unsere Freunde in Wien waren … Dann kamen Windisch-Graetz und Jellacic mit vielen Soldaten und bombardierten die Stadt, aber die Studenten und Arbeiter blieben auf den Barrikaden und wollten sich nicht ergeben, und es dauerte eine Woche, bis die Stadt eingenommen war … Und einmal sah ich bei einer Parade einen Mann auf einem Pferd, dessen Kopf eingebunden war, und Blut sickerte durch die Bandage, und die Leute jubelten ihm zu …

Ein ehemaliger Schüler meines Gemahls, der vor der Polizei davonlief, durfte sich bei uns verstecken und erzählte uns, er hätte einen alten Mann, der eine Trommel schlug, auf den Domplatz kommen sehen. Er war in Lumpen gekleidet, und seine Arme waren nackt, und bei sich hatte er einen kleinen Jungen, der eine Fahne trug. Aber der Platz war leer, und niemand kam. Und als er uns erzählte, dass niemand gekommen war, fing er an zu weinen … Und bald darauf war es vorüber, und viele Anführer wurden hingerichtet, Jellinek und Becher, die Musiker waren, und viele andere, und noch viel mehr wurden verhaftet … Und die Soldaten gingen plündernd und randalierend von Straße zu Straße und suchten nach Rebellen, und in einer Straße nahe bei unserer Schule wurden mehr als fünfzig getötet … Sie kamen in unsere Straße, und einige waren betrunken und sehr ausfällig, aber sie fanden niemanden … Natürlich wurden auch einige von Vaters Schülern Soldaten … Als sie zu ihm kamen, hätte er sie abweisen sollen mit der Begründung, er könne ihre Zukunft vorhersehen wie ein türkischer Wahrsager …? Und dann gab es jene, die sagten, die Studenten und Arbeiter wären wüste und gefährliche Wilde, damit sie sich kein schlechtes Gewissen und nicht die Mühe machen mussten, sie zu verstehen … Wie hätte man solche Sachen in der Familie eines Schullehrers denken können ...?

Und einige wurden zum Graben gebracht und erschossen, was ich mit eigenen Augen gesehen habe, die Leichen lagen dann da, und es dauerte lange, bis sie weggebracht wurden ... Einige der Studenten waren sehr mutig, und ich weiß, dass zwei der Getöteten von meinem Gemahl unterrichtet worden waren, ihre Namen habe ich aber vergessen, waren es doch so viele ... Aber einige wagte man nicht zu bestrafen ... Wie etwa Johann Strauß den Sohn, obwohl sein Orchester die *Marseillaise* und seinen *Revolutionsmarsch* spielte ... Und es wurde viel geschrieben in Zeitungen und Pamphleten, und es gab viele kaisertreue Gedichte, und ich sah einige, die auch die Studenten priesen, aber nicht die Arbeiter, vor denen alle Angst hatten und die aus anderen Ländern nach Wien gekommen waren ... Verzeihen Sie mir, mein Herr. Ich sollte nicht von blutrünstigen Sachen sprechen, die Sie nicht betreffen ... Das können Sie ruhig sagen, aber was wissen Sie von diesen Dingen in Ihrem friedlichen Land, dem die Revolution erspart wurde ...? Wie kann ich von Senn sprechen, ohne mich an die Zeit zu erinnern, als wir von Metternich regiert wurden ... Er war mit Sicherheit kein Österreicher, sondern kam aus dem Rheinland ... Haben Sie ihn vielleicht kennengelernt, als er nach England floh ...? Dann wissen Sie bestimmt, dass er eine lange, gebogene Nase hatte und *hochmütig* wirkte … Nein, er kehrte nach Wien zurück und starb erst vor zwei Jahren, als er schon fast neunzig war … Wenn Sie meinen, mein Herr, dass manche sich glücklich schätzen können …

Nicht alles, was Sie über Wien aus der Zeit hören, als Franz noch am Leben war, ist wahr, dass jeder immer nur trank und tanzte und spielte und in den Prater ging, um die Komödianten und Feuerwerke zu sehen, als wäre jeden Tag Brigittenfest … Aber Metternichs Spione waren überall, sogar in privaten Häusern, und viele hatten Angst, aber nicht Johann Senn, als die Polizei kam und Franz aufsprang, um ihn zu verteidigen, weil er ihn liebte … Spreche ich zu schnell …? Nun gut, mein Herr, ich werde mich nicht länger mit geschichtlichen Dingen aufhalten, mit Kriegen und Teilungen, die uns immer heimsuchen, denn einige gibt es, deren alleiniges Anliegen es ist, die Kranken zu pflegen und die Kinder zu unterrichten … Es gibt mehr oder weniger Nahrung, es gibt mehr oder weniger Steuern, und deshalb müssen wir arbeiten und leben und auf Gottes Vorsehung vertrauen … Bitte runzeln Sie nicht die Stirn, mein Herr … Wie wir in Wien sagen, das Leben ist hoffnungslos, aber nicht ernst …

Vielleicht schauen Sie sich ja eins von Bauernfelds Stücken an, solange Sie in Wien sind … Er spricht sehr gut Englisch, und als er uns besuchen kam, erzählte er uns, er sei vor der Revolution nach England gereist… Er hat Ihre englischen Dichter übersetzt, Shakespeare und Dickens, wobei ihm Julius Becher half, der erschossen wurde, wie ich bereits gesagt habe. *Was ist Silvia, saget an*… Genau so, mein Herr… Und nach Franzens Tod schrieb er Gedichte über ihn, und er war einer seiner Freunde, die ihn besuchten, als er im Sterben lag… Haben Sie ein wenig Geduld, und ich werde es Ihnen erzählen… Natürlich wird er sich nicht an mich erinnern, wenn er über Franz schreibt, daran, wie gut ich mich um ihn kümmerte… Franz schrieb nur ein Lied zu seinen Gedichten, es heißt *Der Vater mit dem Kind*… Habe ich es Ihnen nicht gesagt, die meisten stammten von Goethe, der Franz für einen Niemand hielt und meinte, was er schreibe, würde durch Musik verdorben…?

Ich sage es noch einmal, ich weiß nicht, warum Bauernfeld zu uns kam. Er sagte, er wäre in der Gegend gewesen, und die Nachbarn hätten ihn gesehen und wären sehr neugierig gewesen… Nachdem er gut von Ferdinand gesprochen hatte, redete er über Franz, lange und lange, und seine Stimme wurde so leise, dass wir ihn kaum verstehen konnten, und sein Blick wanderte herum, als würde er suchen, was entschwunden war, und er hatte eine Vorsicht in sich wie Scham, und uns fiel nichts ein, was wir ihn hätten fragen können… Er erzählte uns, er wäre oft mit Franz und Schwind zusammen gewesen, und sie hätten sich alles geteilt, sogar die Kleidung, hätten in den Unterkünften der anderen auf dem Boden geschlafen, und manchmal hätte sogar Franz das meiste Geld gehabt, aber was immer sie besaßen, hätten sie sofort ausgegeben … Und er erzählte uns, dass Franz für ihn bezahlte, damit er Paganini hören konnte, er wollte, dass wir von seiner Freundlichkeit erfuhren … Und dass Franz die Langeweile hasste, und wir lächelten höflich über die Geschichten, die er uns erzählte, obwohl wir sie bereits kannten … Lassen Sie mich nachdenken, mein Herr … Eines Tages hatte Schwind keine Pfeife, und er nahm Franzens Brillenfutteral und machte sich eine daraus … Nein, ich weiß nicht, ob das möglich ist, ob man mit einem Brillenfutteral rauchen kann. Vielleicht versuchen Sie es ja mit Ihren Freunden, wenn Sie nach England zurückkehren … Ich war damals acht Jahre alt, und manchmal besuchten sie uns … Wieder und wieder sagte Bauernfeld, sie wären alle sehr glücklich miteinander gewesen, so dass ich mir bald wünschte, er würde uns schnell wieder verlassen …

Ja, es gab viele, viele Schubertiaden, bei denen Vogl sang und der Wein in Strömen floss und Franz immer und immer seine Walzer zum Tanzen spielen musste … Und einige fanden ohne ihn statt, weil er nicht in Stimmung dazu war und mit Freunden trank, die er besser kannte, wie die Schulgehilfen unseres Vaters und andere … Und Bauernfeld sagte, wir sollten nicht auf jene hören, die behaupteten, er würde zu viel trinken und wäre manchmal schlecht gelaunt und würde unflätige Sachen sagen, das geschah höchstens, wenn er nur noch gelangweilt war von gewöhnlichen Leuten ... Ich kann Ihnen eins sagen, mein Herr, wenn er zu uns kam, sahen wir ihn nie ungehobelt oder zornig, und sind wir nicht nur einfache, gewöhnliche Leute ...?

Wenn er zornig war ...? Es sei einmal passiert, hat Bauernfeld uns erzählt, dass Mitglieder des Opernhausorchesters lange nach Mitternacht in ein Kaffeehaus kamen und schmeichlerisch seine Hände fassten und ihn mit trunkener Schöntuerei überhäuften und meinten, er sollte eine Komposition für sie schreiben, da sie doch ebenfalls Künstler wären. Und Franz nannte sie Musikanten und Handwerker und Bläser und Fiedler und Würmer und Insekten. Und am nächsten Morgen ging Bauernfeld in seine Unterkunft und fand ihn schlafend, die Augengläser noch auf der Stirn, und überall lagen Notenblätter und Kleidungsstücke verstreut, und auf dem Tisch lag ein Blatt Papier mit Tintenflecken, auf das er zornige Sätze geschrieben hatte, bevor er einschlief ... Und als Franz aufwachte, fragte er ihn, was die Leute nur von ihm denken sollten, und Franz erwiderte, dass sie es verdient hätten, dass es ihm aber dennoch leidtue ... Und Bauernfeld lachte, als er uns das erzählte, und entschuldigte sich dann, denn erst als wir verwundert den Kopf schüttelten, merkte er, dass es uns nicht belustigte, und er wollte uns doch keinen Kummer bereiten ... Denn, mein Herr, Sie sind ein Engländer und werden von mir erwarten, dass ich nur sage, was wahr ist…

Wer hat Ihnen das erzählt, was für ein Wichtigtuer, der wusste, dass Sie ein Journalist sind…? Ich kann Ihnen versichern, mein Herr, er war aufs Äußerste aufgebracht… Er war damals neunzehn und noch ein Schulmeister… Sie hieß Innocentia, und sie war die Tochter eines Sattlers und war außerordentlich faul und dumm, so dass sie bis zum Alter von elf Jahren in der niedersten Klasse bleiben musste, und mit ihrem hässlichen Geplapper verleitete sie die anderen Kinder zum Schwätzen und Grimassenschneiden. Um die Schüler zur Ordnung zu rufen, überlegte er sich, sie in Musik zu unterrichten, und versammelte sie um das Klavier, um ihnen vorzuspielen. Woraufhin dieses Mädchen sagte, seine fetten, kleinen Finger würden wie Mäuse über die Tasten laufen, und alle fingen sie wieder an, zu kichern und sich zu schubsen, deshalb schlug er dem Mädchen leicht über den Kopf, um ihm ein wenig Vernunft einzubläuen… Innocentia. Manchmal gibt man Kindern so unpassende Namen… Dann kam der Sattler und beschwerte sich lauthals, und um den Ruf der Schule zu wahren, versetzte Vater Franz als primitive Vergeltung einen Schlag auf den Kopf, doch es schadete ihm nicht, und der Sattler ging befriedigt von dannen. Und noch an diesem Tag spielte Franz Papa sein Lied *Heideröslein* vor, was Papa so sehr rührte, dass Franz den Mut fasste zu fragen, ob denn mit solchen Liedern im Kopf nicht Gottvater selbst über so eine unwissende Boshaftigkeit erzürnt wäre …? Und so kam es, wie Mama mir erzählte, dass Vater endlich die Wahrheit erkannte, dass Franz nämlich nicht viel länger ein Schulmeister bleiben konnte … Und so zog er zu Schober … Dann sollten Sie dieses Lied suchen, mein Herr. Es geht um einen Knaben, der ein Heideröslein pflückt, und es sticht ihm in die Hand, doch er erträgt den Schmerz gerne … Das Gedicht ist von Goethe … Nein, es ist überhaupt nicht rührselig, wenn man es zur Musik hört … *Sah ein Knab' ein Röslein stehn* … Nein, nicht weiter, ich kann nicht … Es ist zu … Vielversprechend? Anfänge? Ich will nicht ungebührlich sein, mein Herr, aber ich kann meine Belustigung nicht verbergen, denn zu dieser Zeit hatte er bereits fast *dreihundert* Lieder und Opern und Sinfonien geschrieben und noch einiges … Ja … Dann sollten Sie dergleichen Geschichten nicht glauben, die mit Verderbtheit hausieren gehen und nur um des Aufsehens willen erzählt werden. Denn Franz war eine sanfte Seele, die sich bemühte, die Herzen seiner Schüler mit der Schönheit seiner Musik zu bessern, doch sie lachten ihn nur aus … Ja, wie das englische Orchester … Ob in dem Traum dann doch Wahrheit steckte …? Jetzt ist es genug, mein Herr … Habe ich Ihnen nicht von Bauernfeld erzählt, bevor Sie … So hieß sie, Innocentia … Sie mögen durchaus lachen, mein Herr, aber was ist so belustigend daran …?

Ja, jetzt erinnere ich mich, er fing dann an, von Franzens Krankheit zu sprechen, schüttelte den Kopf und meinte, sie sei ständig gekommen und gegangen und habe ihn in Verzweiflung gestürzt, als wüssten wir das nicht bereits, und murmelte etwas von dem Künstler Benvenuto Cellini, der geschrieben hatte, er würde junge Pfauen schießen und essen, um sich von einer Krankheit zu heilen. Doch als er dann unser höfliches, aber unmissverständliches Missfallen bemerkte, senkte er den Blick und wurde ungewöhnlich schweigsam ... Nein, mein Herr, was er meinte, konnte ich nicht verstehen, denn ich hatte nicht alles gelesen wie Bauernfeld und wusste nichts von italienischer Quacksalberei, die das Abschlachten von wunderschönen Vögeln erforderte ...

Bauernfeld erzählte uns viele Dinge über Franz, als wüssten wir sie nicht bereits ... dass er freundlich und aufrichtig und bescheiden war und andere immer lobte ... Dann fragte er uns unvermittelt, ob er wirklich in die Gräfin Karoline Esterházy verliebt gewesen wäre, und weil wir es nicht leugneten, glaubte er, wir hätten es bestätigt, und schürzte die Lippen und nickte ... Denn, mein Herr, derartiges Gerede ist *Unsinn* ... Dann sagte er, dass er eines Tages alle seine Erinnerungen an Franz niederschreiben würde und dass wir, zusammen mit der gesamten Menschheit, gesegnet waren, einen solchen Bruder gehabt zu haben, und noch dies und das, was sehr *geschwätzig* war, denn er war ein Schriftsteller, der andere immer überzeugen und unterhalten musste, damit sie ihn bewunderten … Er sagte, dass das Libretto von *Der Graf von Gleichen,* das er für Franz geschrieben hatte, vom Zensor verboten worden war und dass Franz noch auf dem Sterbebett gesagt hätte, er wolle es vollenden, und um ein zweites Libretto gebeten hätte, doch er, Bauernfeld, hätte gewusst, dass Franz ihm nur seine Freundschaft beweisen wollte, denn er hatte zuvor ein Stück geschrieben, das ein Misserfolg war, und Franz hatte gesagt, es gefalle ihm außerordentlich … Und während er sprach, waren wir sehr aufmerksam, denn jene, die viel von sich selbst sprechen, brauchen viel Bestätigung, obwohl sie sie vielleicht gar nicht verdienen … Oje, mein Herr, vielleicht bin ich es jetzt, die zu viel spricht …

Über Senn kann ich Ihnen nicht mehr erzählen … Über Revolution und Politik sollten Sie mit anderen sprechen … Oder Sie sollten den großen Grillparzer lesen … Er war zusammen mit Franz ein Fackelträger bei Beethovens Beerdigung … Es heißt, er hätte Kathi Fröhlich geliebt, die drei Schwestern hatte, und sie waren alle sehr musikalisch, und keiner bewunderte Franz mehr als sie … Aber Franz besuchte die Fröhlich-Schwestern sehr lange nicht, und eines Tages begegnete Kathi ihm auf der Straße und schalt ihn deswegen, und er entschuldigte sich vielmals dafür … Auch das erzählte Bauernfeld uns, obwohl wir es bereits wussten …

Über Grillparzer und die Fröhlich-Schwestern, wo bin ich stehengeblieben …? Er zog bei ihnen ein, sagte, er würde sie alle lieben, doch am Ende heiratete er keine von ihnen … Es tut mir leid, dass ich lächle, mein Herr, wenn es Sie nicht belustigt … Ich weiß nicht, warum er Franz nicht zu Beethoven brachte … Er beteiligte sich an den Kosten für Franzens Totenmesse in der Augustinerkirche und schrieb falsche Worte für seinen Grabstein, wie ich Ihnen bereits erzählt habe … Das alles nur, damit Sie wissen, dass Franz von unseren berühmtesten Wiener Dichtern sehr geliebt und geschätzt wurde und ihm Gerechtigkeit und Freiheit ein Anliegen waren und er nicht nur der Komponist wunderschöner Musik war … Aber nicht nur deswegen wollte ich, dass Sie über Johann Senn Bescheid wissen …

Als Bauernfeld sich dann erhob, um sich zu verabschieden, fragte Mama ihn, was Franz wohl über die Revolution gedacht hätte, wenn er sie erlebt hätte, und er seufzte, als wäre die Frage sinnlos, und sagte, er hätte wohl nur weiter seine Musik geschrieben, um Beethoven ebenbürtig zu werden, und wäre denn das nicht mehr als ausreichend gewesen …? Dann sagte er, Franz sei die Seele Wiens gewesen, und trug sein Gedicht über ihn vor, in dem es hieß, er sei geschwunden in Glanz und Kraft der Jugend, und wir hätten Grund, ihn zu bedauern, die Freunde und Lieben vor allem, und wenn dann Schmerz und Trauer schwänden, würde er in Ruhm und

Glanz erscheinen, und dergleichen noch viel mehr, dass ich schon dachte, er würde nie mehr aufhören, und in der ganzen Zeit schaute er uns sehr nachsichtig an, als wären wir nur einfache Frauen, die solche Gedanken verwirrten … Und dann wurde ich ganz aufgeregt und sagte, ich sei froh, dass Franz die Leichen im Graben und die toten Studenten nicht gesehen hatte, denn auch er wäre erzürnt gewesen, und auch Becher sei Musiker gewesen … Und er lächelte mir sehr *taktvoll* zu.

Denn auch das wussten wir über Franz, dass er nicht nur ein Verfasser wunderschöner Musik war, und Karl und Ignaz und Ferdinand hätten Ihnen dasselbe gesagt, aber sie sind jetzt tot, und Sie können sie nicht fragen … Wie mein Vater und meine Gemahle waren auch sie Schulmeister … Und jetzt sagt mein Gemahl, wir sollten uns bemühen, zufrieden zu sein in der Zeit unseres geliebten Kaisers Franz Joseph und der armen Kaiserin Elisabeth, aber es gibt ja nie Zufriedenheit bei den ganzen Kriegen und Streitigkeiten und manchmal weniger Nahrung und manchmal mehr Steuern …

Ich weiß also nicht, warum Bauernfeld uns besuchen kam … Wir sagten ihm noch einmal, was für eine große Ehre es für uns war, und er bemühte sich, nicht *aufgeblasen* zu sein, obwohl viele auf ihn hörten … Und als er ging, sagte Mama, er wollte nur erinnert sein an längst vergangene Tage, als hätte alles, was inzwischen geschehen war, einen schwarzen Schatten darüber geworfen … An die Tage im alten Wien, als er glücklich war mit seinen Freunden und Franz sie alle zusammenbrachte … Ja, er besuchte Franz, als er im Sterben lag … Ich weiß nicht, ob Franz mit ihm über mich sprach … Das werde ich Ihnen ein anderes Mal erzählen … Jetzt bin ich müde, weil mir all das wieder in den Sinn gekommen ist, und ich habe noch meine Arbeit zu erledigen, und mein Gemahl und meine Kinder warten auf mich, und zuvörderst muss ich meine Pflicht erfüllen, wie mein Vater es uns gelehrt hat …

VI

Nach Franzens zweiter Rückkehr aus Zseliz wohnte er wieder bei uns in der Rossau … Es war Winter, und ich war damals neun Jahre alt, und Moritz von Schwind kam ihn manchmal besuchen, damit sie den Nachmittag miteinander verbringen konnten. Dann bezog Franz eine Unterkunft gleich neben ihm auf der Wieden in der Nähe der Karlskirche, und ich besuchte ihn dort, um ihm Socken und ein Hemd zu bringen, das Mama für ihn geflickt hatte, und außerdem eine Weste …

Er hatte sein eigenes Zimmer mit Blick über das Glacis auf die Innenstadt und die Berge in der Ferne. Gleich nebenan waren ein Wirtshaus und ein kleiner Garten mit Fliedersträuchern. Schwind lebte hier mit seiner Mutter und seinen Schwestern und veranstaltete viele Tanzabende und Zusammenkünfte mit Spielen und Musik … Man nennt es das Mondscheinhaus, und dort sah ich zum ersten Mal einen Christbaum, der mit Lebkuchenmännchen und Kerzen und Bändern sehr reizend geschmückt war. Ich fragte Papa, ob wir auch einen haben könnten, aber er weigerte sich aufs Beharrlichste und sagte, das wäre nur etwas für Protestanten und *Hei-*

den ... Falls es Ihre Zeit erlaubt, können Sie sehen, dass das Haus sehr hübsch ist und einen großen Innenhof besitzt, in dem manchmal ein Pferdemarkt abgehalten wurde und der deshalb bei meinem Besuch sehr schmutzig und laut war. An der Südseite liegt noch ein weiterer Hof, auf den die Kirche ihren Schatten wirft, und dort konnte ich die Orgel spielen hören ...

Wieder fragen Sie nach Schober ... Er war zu der Zeit in Breslau und versuchte sich als Komödienschauspieler, was, wie Ignaz meinte, sehr gut zu ihm passte, und es überraschte ihn sehr, dass er keinen Erfolg hatte ... Er war insgeheim mit Justina verlobt, der Schwester von Herrn Bruchmann, der ausgesprochen verärgert war, weil Schober ihm nicht standesgemäß erschien, und er bestand darauf, dass die Verlobung gelöst wurde. Und viele der Freunde pflichteten ihm bei, ausgenommen nur Franz und Schwind, die immer treu zu Schober standen, und ich hörte sie schlecht von Bruchmann sprechen, und sie warteten ungeduldig auf Schobers Rückkehr aus Breslau ... Ich sollte Ihnen sagen, dass Bruchmann zusammen mit Franz dabei gewesen war, als Senn verhaftet wurde, und sie alle hatten die Polizei beleidigt, aber Franz sagte, er wäre inzwischen zu formell geworden und achtete zu sehr auf weltliche Dinge und hätte seinen revolutionären Nimbus verloren ... Er lebt jetzt in Wien und hat die Heiligen Weihen empfangen, wie mein Bruder Anton mir gesagt hat ... Ich sah ihn nur einmal, und er war sehr gutaussehend, an Moritz von Schwind aber reichte er nicht heran … Justina heiratete im Dom an dem Tag, als Franz starb, und sie selbst starb im Jahr darauf im Kindbett … Nein, es war nicht Schober … Er lebt jetzt in Dresden und ist mit Thekla von Gumpert vermählt, die über das schickliche Betragen von jungen Damen schreibt. Ich habe gehört, er entwirft Möbel, was eine nützliche Beschäftigung ist, wie einige meinen mögen … Einige von Franzens Liedern sind zu Versen von Bruchmann verfasst, ich weiß nicht, wie viele … Eins heißt *Im Haine*, und es geht um Sonnenstrahlen, die durch die Tannen fallen, und deren Duft in der Luft, der alle Qualen tilgt … Das kennen Sie also … Gut, mein Herr, es freut mich, dass es Ihnen gefällt …

Schwind konnte Franz nicht an seinem Sterbebett besuchen, denn er war kurz zuvor nach München gezogen … Das habe ich Ihnen nicht erzählt …? Als Mama krank wurde, fragte ich sie, welchen von Franzens Freunden sie am liebsten mochte, und sie lächelte wehmütig und sagte: »Den Cherub«, denn das war ihr Name für ihn. Er war viele Jahre jünger als Franz und liebte ihn am meisten … Sein Gesicht war glatt, und manchmal nannten sie ihn auch »Engelsgesicht« oder »kleine Giselle«, denn er war hübsch wie ein Mädchen, und seine Augen waren groß und lebhaft und sehr blau, und wenn er Franz anschaute, sah ich, wie sehr er sich nach der Erwiderung seiner Liebe sehnte … Zu der Zeit fing er gerade an, viele

Bilder zu malen … Falls er je nach Wien zurückkehrt, wer würde mir denn davon erzählen …? Ich habe gehört, dass er Schober nicht mehr mag, aber als Franz noch am Leben war, liebten sie einander und waren immer zusammen … Als er versprach, mein Porträt zu zeichnen, sagte er, er stelle sich vor, wie ich früh an einem Sommermorgen aus meinem Schlafzimmerfenster zur Sonne hinaussehe, die aus den Wolken steigt und auf die Berge scheint, und mein Zimmer ist voller schöner Möbel und mein Bett von einem Vorhang verdeckt … Dann legte Mama den Arm um mich und sagte, ich wäre viel zu beschäftigt, um zum Fenster hinauszuschauen, was Maria eifersüchtig machte … Das war die Art, wie Schwind redete, begeistert, den Kopf immer voller Träume und Anmut, aber so ein Bild wird nie gemalt werden, als könnte ich je ein eigenes Zimmer haben voller schöner Möbel und einem Bett mit Vorhängen und mit einem Blick auf die Berge …

Die ersten Bilder, die ich sah, waren die für *Le Nozze di Figaro,* über hundert Figuren, die sehr rührend und zart waren … Und Grillparzer zeigte sie Beethoven, der sie ebenfalls sehr bewunderte … Und er zeichnete ein Porträt von Mama, auf dem sie eine Haube trägt, und sie versuchte, nicht zu lächeln, weil er mit der Zunge schnalzte und sagte, er hätte sie Franz so ähnlich gemalt, dass sie aussähe wie seine Zwillingsschwester. Und er nannte sie »Frau von Schubert«, um jene zu verspotten, die solche Titel benutzten, was Franz zum Kichern brachte ... Maria und ich waren dabei, und Schwind war sehr geduldig, obwohl wir mit den Fingern zeigten und zu viel schnatterten und nicht stillsitzen wollten. Und ich schaute Franz an und sah, wie glücklich er war, dass sein Freund so natürlich und fröhlich mit seiner Familie umging, als wäre er einer seiner Brüder ...

Als er fertig war, bat Mama ihn, eins von Franzens Liedern zu spielen, und als er sich weigerte und sagte, Franz sollte spielen, bettelten wir darum, und er tat es sehr schön und mit viel Ausdruck. Franz hörte sehr konzentriert zu, die Hände wie im Gebet gefaltet und an die Lippen gedrückt ... Das Lied war *Fischerweise*, das jeder kennt, und Maria und ich hielten uns an den Händen und tanzten Ringelreihen, und als er fertig war, applaudierte Franz, und wir baten ihn, ebenfalls zu spielen, und er sang ein traurigeres Lied, die Romanze aus *Rosamunde*, und Schwind umarmte ihn und meinte, das wäre kein Lied, das man an einem strahlenden Vormittag im Frühling singen wollte. Dann setzte er selbst sich wieder ans Klavier und spielte *Seligkeit* und sagte, er wolle Mama tanzen sehen, was sie sehr anmutig tat, denn er drehte sich oft um und schaute sie an ... Nein, Franz tanzte nie, aber er hob unsere Hände über unsere Köpfe, so dass wir uns drehten und drehten, bis uns schwindelig wurde und wir beinahe umgefallen wären, und Schwind und Franz lachten sehr viel, und er spielte es ein zweites

Mal, wiegte den Kopf und sang sehr *flott*. Und danach war Stille, und Mama setzte sich und legte die Hände in den Schoß und schaute ganz nachdenklich, als wäre das Glück ihr vor langer Zeit begegnet und triebe jetzt fort von ihr …

Dann klatschte Franz in die Hände und sagte: »Kommt, Pepi, Maria! Moritz wird sich jetzt in eine Fledermaus verwandeln.« Und Schwind sprang auf, und wir folgten ihm auf die Straße, und er breitete seinen Umhang mit beiden Armen aus und wedelte damit und lief und sprang, so dass man meinte, seine Füße würden den Boden nicht berühren. Mama stand in der Tür, dann kam Papa dazu und stellte sich, mit der Hand auf ihrer Schulter, neben sie, und Schwind machte kehrt und begrüßte Vater, der beinahe lachte und mit dem Finger drohte und sagte, Franz dürfe keine Freunde mitbringen, die seine Kinder an einem Sonntag erschreckten. Und wir liefen zu ihm und Mama und bettelten, mit den beiden in den Prater gehen zu dürfen, aber diesmal war Vater nicht einverstanden …

Schwind besuchte uns oft mit Franz … Jetzt fällt mir wieder ein, dass es der Sonntag nach meinem elften Geburtstag war, als er uns *Fischerweise* und *Seligkeit* vorsang und Mamas Porträt malte und wie eine Fledermaus die Straße entlangflatterte, so dass die Leute ihn anstarrten und auf ihn zeigten, als wäre er ein Verrückter ... Nein, mein Herr, nach Franzens Tod besuchte er uns nicht mehr. Aber Mama sagte, wenn er noch in Wien gelebt hätte, wäre er sicherlich gekommen, und ihn hätte sie lieber als alle anderen gesehen ... »Er war bezaubernd«, sagte sie, »bis er wie eine Fledermaus flatterte. Er liebte Franz mehr als jeder andere, und niemand machte ihn glücklicher.« Und ich sah das mit meinen eigenen Augen, als er Franz beim Spielen zuschaute, mit staunenden Augen wie eine junge Frau ... Falls Sie ihn auf Ihren Reisen sehen, mein Herr, bitte sagen Sie ihm, dass ich oft an ihn denke ...

Es war ein anderer Frühlingstag im Mai, als Papa Maria und mir erlaubte, mit den beiden in den Prater zu gehen. Es hatte viel geregnet, und es war der erste sonnige Tag. Viele Menschen waren dort, die Armen in ihrem Sonntagsstaat, und die Reichen schlenderten zwischen ihnen, und es fuhren zu viele Kutschen, aber es gab weder Neid noch Zweifel unter dem klaren, blauen Himmel, und die neuen Blätter flatterten im Wind wie Silber ... Musiker spielten, und Leute tanzten, und Händler verkauften Tee und Krapfen und Bonbons, und es gab viele Stellen, wo man essen und trinken konnte. Maria und ich gingen Hand in Hand vorbei an den Kegelbahnen und Akrobaten und Affen und Papageien und Wachsfigurenkabinetten und Schaukeln und anderen Spielgeräten und Unterhaltungskünstlern wie Jongleuren und Zauberern, und es gab Marionettenspieler und sogar dressierte Hunde und einen Seiltänzer. Nachdem wir uns die neue Eisenbahn angeschaut hatten, gingen wir hinunter zum Fluss, um den Fischern zuzusehen, und neben den Barken gab es auch noch andere, vielfarbige Boote mit Segeln … Und Maria und ich liefen hin und her, während Franz und Schwind mit ihren hohen Seidenhüten nebeneinanderhergingen, und Franz rauchte seine lange Pfeife, und sie redeten über viele Dinge, die wir erst gar nicht zu verstehen versuchten, denn wir waren viel zu aufgeregt. Dann kaufte Schwind jeder von uns einen Bund Lavendel, den er uns mit einer tiefen Verbeugung überreichte, und wir erröteten und knicksten artig …

Lassen Sie mich überlegen … Wir spazierten unter den Eichen und Kastanien und Platanen, die zwischen den Tannen ihre frischen Blätter zeigten, und es gab viele Blumen – Gänseblümchen und Glockenblumen und Veilchen –, und wir pflückten sie und gaben sie Schwind, der meinte, wir sollten sie mit nach Hause nehmen und Mama schenken. Doch als wir nach Hause kamen, nahm er sie uns ab und überreichte sie ihr selbst, als hätte er sie gepflückt, und sprach sie wieder mit Contessa und Frau von Schubert an, und wir hatten nichts dagegen, denn Mama wusste, dass in Wahrheit wir sie gepflückt hatten. Dann kam Vater, und Schwind beglückwünschte ihn sehr herzlich zu seinem eben erworbenen Bürgerrecht, was ihn sehr freute, und auch Franz …

Wie kann ich Ihnen angemessen von dem Tag erzählen, der so viel Freude in mein Herz brachte, als würde es für immer so sein und als gäbe es kein Unglück auf der Welt, mit all den Menschen im Park von den sehr armen bis zu den sehr reichen, und ganz Wien tanzte und schlenderte unter den Bäumen, als könnte nichts daran je etwas ändern …? Und es waren so viele Menschen, dass sie das Wild verscheuchten … Sie wissen aus seinen Liedern, wie sehr Franz die Natur liebte, von der kleinsten Blume und dem Gesang der Vögel bis zum Wind auf dem Wasser und den Sternen am Himmel, und er ging oft im Prater oder im Wienerwald oder auf den Wiesen um Währing spazieren, manchmal mit Freunden und manchmal allein …

Im Jahr davor schrieb er Ferdinand einen langen Brief, den dieser uns vorlas. Er ist voller schöner Beschreibungen von Hügeln und Tälern und Bergen in der Nähe von Salzburg und anderen Orten, die er bereiste, die ich aber noch nie gesehen habe … Er sagte auch, dass es dort viele hübsche Mädchen gäbe. Und wir alle staunten, sogar Vater, und Mama sagte, wenn er nicht Musiker geworden wäre, dann wäre er Dichter geworden. Aber Vater runzelte die Stirn, als Ferdinand vorlas, was er über die Schlucht geschrieben hatte, in der das Massaker an den Bayern durch die Tiroler stattfand. Auf der einen Seite der Salzach stand eine Kapelle für die Bayern, auf der Tiroler Seite hatte man ein rotes Kreuz errichtet.

Und Franz schrieb, dass solche Schandtaten im Namen Christi geschahen, und was könnte uns deshalb davon abhalten, die ganze Menschheit zu vernichten …? Ignaz nickte an dieser Stelle heftig, aber er saß hinter Vater, der ihn deshalb nicht sehen konnte …

Einen Augenblick, mein Herr … Jetzt fällt es mir wieder ein … Eine Weile saßen sie in einem Kaffeehaus, wo Franz Tee trank und wir ihnen nur mit halbem Ohr zuhörten, weil so viel zu sehen war, das Tanzen und die Unterhaltungskünstler und die vorbeifahrenden Kutschen. Und Franz war nicht glücklich, er sprach von seinem Antrag auf Ernennung zum Vize-Hofkapellmeister und auch von seiner Bewerbung um die Stelle des Kapellmeisters am Kärntnertor-Theater und seinen Briefen an Verleger … Und sie sprachen auch über Vogl und Kupelwieser, die demnächst heiraten sollten, und Spaun, der erst kürzlich nach Wien zurückgekehrt war. Und Schwind regte sich sehr über Anna Hönig auf, die er »Netti« nannte, und sagte, sie wäre zu fromm für ihn, und er hätte ihr gesagt, sie solle sich doch in den Papst verlieben … Sie war es, die ihm nach München von Franzens Tod schrieb … Und Franz fing an zu kichern, als er sich an den Tag erinnerte, als Bauernfeld einen Frack besorgte, damit Schwind in respektabler Kleidung zu den Hönigs gehen konnte, doch er verließ sie bald wieder und kam zu den Freunden ins Wirtshaus und schimpfte aufgebracht und trank ein Glas Punsch nach dem anderen und meinte, da könnte er sich ja genauso gut erschießen … Nun lachte auch Schwind, wurde dann aber wieder ernst und sagte, er wüsste nicht, ob er sie liebte, und er wäre doch nur ein armer Maler, der nicht im Malerkittel zu den Hönigs gehen konnte, um ihr den Hof zu machen, und Franz hörte ihm sehr geduldig zu … Doch unvermittelt wurde Schwind wieder fröhlich und sprang auf und nahm seinen Hut ab und schob ihn Maria über den Kopf, und wir spielten Blindekuh, und er kaufte uns an einem Kiosk Eiskreme mit Geld, das Franz ihm gab …

Dann wurde er wieder ernst, runzelte die Stirn und stützte sie in die Hand und sagte Franz, Netti spreche immer mit größter Zuneigung von ihm, und er dürfe nicht glauben, dass sie je schlecht von ihm gesprochen hatte, und Leute spotteten, ohne nachzudenken, nur um zu belustigen und zu beeindrucken, und er dürfe nicht glauben, dass irgendetwas Beleidigendes gegen ihn gesagt worden war, und er hätte überall gesucht und keinen Beweis dafür gefunden … Aber Franz pflichtete ihm bei, dass er oft Einladungen zu den Hönigs angenommen und später dann abgesagt hatte, weil solche gesellschaftlichen Anlässe nicht nach seinem Geschmack waren, und Schwind sagte, Netti habe gezählt, wie oft er nicht erschienen war, und sei auf zehnmal gekommen …

Dann wurde seine Stimme weinerlich, und Franz sagte ihm, er solle nicht mehr daran denken und lieber zu dem

Türken mit seinem Zauberstab und dem Turban gehen, der ihm die Zukunft vorhersagen würde und auch, was Netti Hönig wirklich von ihm hielt… Also ging Schwind auf das Zelt zu, vor dem bereits eine Schlange hübscher Frauen stand, so dass er umkehren musste, und seine Stirn glättete sich, denn Franz kicherte schon wieder… Dann fing Schwind an, die Eigenarten der Leute um uns herum nachzumachen, und Maria und ich lachten so sehr, dass wir gar nicht mehr aufhören konnten, bis wir uns den Seiltänzer anschauen gingen, den Schwind ebenfalls nachmachte, er schwankte und wedelte mit den Armen wie ein Betrunkener… Und wir fingen wieder an zu kichern, und Franz sagte zu Schwind, er wäre seinen Schwestern ein schlechtes Vorbild und würde uns nicht wieder besuchen dürfen, dabei grinste er aber und meinte es natürlich nicht so…

Ich muss Ihnen sagen, mein Herr, dass Schwind lange nach Franzens Tod gefragt wurde, wie er denn ausgesehen hatte, und er erwiderte, wie ein betrunkener Kutscher. Daraus können Sie ersehen, dass er sich nie abgewöhnt hatte, unpassende Dinge zu sagen, um andere zum Lachen zu bringen und damit sie gut über ihn dachten… Und als wir an diesem Tag den Prater verließen, legte er Franz den Arm um die Schultern und sagte: »Sind wir nicht die glücklichsten Menschen auf der Welt…?«

Dann sprach er *wieder* über Netti Hönig und dass er ein Andante für sie geschrieben hatte, das sehr schlecht war und das er Franz nie zeigen würde, der darauf sagte, dann könne er es nicht beurteilen, sei aber sicher, dass es hervorragend war … Und Schwind erzählte, dass er, als er Netti den Heiratsantrag machte, einen Riss in seinem Frack entdeckt hatte, und Franz erwiderte, er wolle nichts mehr davon hören, deshalb entschuldigte Schwind sich und redete überschwänglich über Franzens *Rosamunde,* die im vergangenen Winter aufgeführt worden war … Und Franz beklagte sich nun über Verleger, die ihn sehr herablassend behandelten … Also hatten sie endlich aufgehört, über Netti Hönig zu sprechen …

Ja, mein Herr, er ist jetzt sehr reich und zu berühmt, um uns zu besuchen, und sein Versprechen, mein Porträt zu zeichnen, hat er sicher längst vergessen … Vielleicht kommt er eines Tages in Ihr Land, und wenn Sie ihn dann treffen sollten, können Sie ihn ja nach den Tagen im Mondscheinhaus fragen und nach dem Tag, als er für uns spielte und sang und die Straße entlangflatterte wie eine Fledermaus, so dass wir hüpften und kreischten vor Lachen … und nach diesem Tag im Frühling, als wir in den Prater gingen und er uns Lavendel kaufte und wir für ihn Blumen pflückten … Er war so *lebendig*, mein Herr, ich kann Ihnen gar nicht sagen, wie gern wir ihn gemocht haben, vor allem Mama, aber auch Ignaz und Vater … Ich weiß nicht, warum er nicht nach Wien zurückkommt, wo es doch eine sehr schöne Stadt ist, wie Sie mir oft gesagt haben … Vielleicht hat er hier zu viele Erinnerungen, und sein Ruhm ist in Deutschland … Ich weiß es nicht … Es wäre schön … Weil jeder Mensch seinen eigenen Weg gehen muss …

Ja, mein Herr, Franz wohnte bei uns, als ich sieben Jahre alt war und er zum ersten Mal krank wurde und ins Spital musste … Wenn Sie medizinische Dinge erfahren wollen, müssen Sie mit Ärzten sprechen … Er wurde danach immer wieder einmal krank und erholte sich dann wieder … Wenn Sie es ermöglichen können, mich noch einmal zu besuchen, werde ich versuchen, es Ihnen zu berichten … Sie haben mir höchst geduldig zugehört, und ich kann mich nicht immer ganz genau erinnern, was vor so langer Zeit passiert ist, vor mehr als dreißig Jahren … Ich war damals ein Kind, aber jetzt, da ich alt werde, sinken die Sehnsucht, die Geheimnisse in Tiefen, wo ich sie nicht mehr erreichen kann, deshalb fehlen mir die Worte, und meine Gebete versagen in vergeblichem Flehen, und ich verstehe nichts …

Als Schwind sich von uns verabschiedete, küsste er uns sehr anmutig die Hände, was Mama erröten ließ, und er versprach, dass Franz und er am kommenden Sonntag wiederkehren und mit uns zu den wilden Tieren in den Tiergarten Schönbrunn oder zu den Eskimos im Schloss Belvedere gehen würden … Aber er vergaß sein Versprechen, und wir sahen nie, wie schnell sie in ihren Kanus paddelten und mit ihren Pfeilen Enten aus der Luft schossen … Wir kämmten uns die Haare und fassten sie mit Bändern zusammen und setzten unsere Hauben auf und trugen saubere Kleider und warteten auf sie, aber sie kamen nicht …

An eins erinnere ich mich noch … Als wir die Brücke über den Fluss erreichten, brach die Dämmerung herein, und wir sahen das Feuerwerk, die Räder und Raketen und vielfarbigen Spritzer, die wie Regen herabfielen, und eins davon war ein Band aus Feuer, das von zwei Tauben gehalten wurde, was sehr schön war, und Franz drückte uns fest an sich, als würde die Dunkelheit drohen, uns fortzuschleppen … Damals gab es oft ein Feuerwerk, aber seit der Revolution sind sie nicht mehr so häufig …

Und als Franz starb, schrieb Schwind: »Schubert ist tot und mit ihm das Heiterste und Schönste, das wir hatten.« Daran erkennen Sie vielleicht, wie sehr er ihn liebte und dass er ihn überhaupt nicht für einen betrunkenen Kutscher hielt … Und Mama sagte, ich sollte zu seinem Gedenken meinen Letztgeborenen Moritz nennen, und mein Gemahl war einverstanden, und sie war sehr glücklich … Aber er lebte nicht lange … Ach, mein armer, kleiner Moritz …

Leben Sie wohl, mein Herr … Werde ich Sie morgen wiedersehen? Nein, natürlich … natürlich … Und wenn Sie gestatten, mein Herr, Wilhelmine bittet Sie, sie auf Englisch zu begrüßen und ein wenig mit ihr zu plaudern, vielleicht über das Wetter oder das Buch *Der letzte Mohikaner* … Mein Gemahl sagt, sie spricht es sehr hübsch, und ich ermutige sie immer dazu …

VII

Was macht es schon aus, ob er an diesem oder jenem starb …? Die Leute fragen viel aus reiner Neugier oder vorgeschütztem Mitleid … Verzeihen Sie mir, mein Herr, damit meinte ich nicht Sie … Mama sagte, wir sollten in unseren Herzen bewahren, was nur Ärzte wissen oder schweigend vor Gott ausgesprochen werden sollte …

Ferdinand erzählte uns, Luib hätte vielen Menschen geschrieben, und einige der Fragen, die er stellte, wären nicht angemessen gewesen, so als wären die Nachrufe von Vater und Spaun und ihm selbst nicht hinreichend gewesen … Wenn er mir oder Mama geschrieben hätte, so hätten wir ihm nicht geantwortet … Und dann gab es noch einen Aufruf in den Zeitungen mit der Bitte um Informationen über ihn … Nein, ich erinnere mich nicht. Das ist lange her, fast zwanzig Jahre … Was können wir sagen, wenn niemand uns fragt …? Wir kannten ihn besser als jeder andere, aber man hielt uns nicht für wichtig … Um uns zu schonen …? Ach, das wäre schön, wenn so etwas in dieser unfreundlichen Zeit häufiger vorkommen würde, ist es doch der Gedanke eines Ehrenmannes …

Als Franz zum ersten Mal krank wurde, wohnte er bei Schober … Gemeinsam schrieben sie die Oper *Alfonso und Estrella,* die niemand wollte … Weil Schobers Libretto ausgesprochen *schlecht* war, und Vogl meinte, er würde Franz in die falsche Richtung führen … Später schickte Franz sie der berühmten Sängerin Anna Milder-Hauptmann nach Berlin, aber sie schickte sie zurück mit der Begründung, die Leute würden sie wegen Schobers Libretto nicht mögen, und Franz war sehr enttäuscht … Im Jahr bevor er starb, schickte er sie nach Graz, wo er sehr glücklich gewesen war, aber auch dort mochte man sie nicht, und für viele Jahre blieb sie dort verschollen … Bis zum heutigen Tag wurde sie in Wien nicht aufgeführt, abgesehen von der Ouvertüre …

Als sie zusammenwohnten, nahm Schober Geld von Franz, da er das gesamte Vermögen seiner Mutter bereits aufgebraucht hatte, wie Ignaz uns einmal erzählte … Es war diese Oper, über die Schober lange nach Franzens Tod sehr *unverschämt* an Ferdinand schrieb, und er redete von der Freundschaft, die ihn mit Franz bis zu seinem Tod verbunden hätte, und dergleichen ausgewählte Worte, die zu *hartnäckig* waren … Er meinte, schreiben zu dürfen, was er wollte, denn er arbeitete zu der Zeit für Franz Liszt, aber auch dieser sagte, dass Franzens Musik von Schobers Libretto *erdrückt* wurde … Ich habe gehört, dass Schober sich für Gott hielt … Ein Mann namens Kenner hat sehr schlecht über ihn und seine ganze Familie geschrieben, was unnötig ist, sehr unnötig, denn was würde Franz darüber denken, der ihn so sehr liebte, sogar bis zum Ende, und ihm alles verzieh, falls es irgendetwas zu vergeben gab … Ich weiß es nicht, mein Herr … Ich wollte Sie nur daran erinnern, dass sie zusammenlebten, als er zum ersten Mal krank wurde …

Zu der Zeit war er auch für viele Monate bei uns in der Rossau. Ich war damals sieben Jahre alt, und es war mitten im Winter. Er ging zu einer musikalischen Unterhaltung in den Melkerhof, wo seine Lieder gesungen wurden, aber danach ging er nicht mehr aus, weil er Angst hatte, andere anzustecken …

Er hatte einen Ausschlag aus kleinen, roten Punkten, und seine Haut glänzte wie Kupfer, und ich fragte Mama, was ihm fehlte, und sie sagte mir, die Entzündungen wären von Abschürfungen verursacht und nur oberflächlich und würden sich bald wieder bessern … Und der Doktor brachte eine Salbe, aber er erholte sich viele Monate lang nicht und war oft melancholisch … Manchmal baten wir ihn, mit uns zu spielen, was er höchst ungern ablehnte, weil er unsere Enttäuschung sah … Und Mama sagte uns, wenn er komponierte, sollten wir nicht in seine Nähe gehen, und erzählte zur Warnung, dass er in der Zeit, als er Lehrer gewesen war, manchmal Kinder geschlagen hatte, wenn sie ihn störten … Also schauten wir ihm von der Tür aus zu, aber einmal sah er mich und streckte den Arm aus und zog mich zu sich und schrieb dabei weiter, was er sehr schnell tat, und als er fertig war, sagte er: »Na, Pepi, was hältst du davon?« Mama sagte uns sehr oft, dass es ihm bald besser gehen und er wieder so sein würde, wie wir ihn immer gekannt hatten… Nein, mein Herr, als sie alt war, fragte ich sie nicht mehr nach seiner Krankheit, denn sie hätte mir nicht geantwortet…

Eines Morgens ging ich zu ihm an seinen Schreibtisch, um ihn zu fragen, ob ich ihm etwas bringen könnte. Ich stand dicht bei ihm, und er schrieb ein Gedicht, das er vor mir verstecken wollte… Zu der Zeit hatte er erhöhte rote Punkte auf den Händen und im Gesicht, und der Ausschlag hatte sich ausgebreitet… aber ich wünschte mir nur, dass er mich küssen und wieder auf seinen Schoß heben würde, wie er es so oft getan hatte. Dann legte er mir den Arm um die Taille und sagte: »Meine liebe, kleine Pepi, deinem armen Bruder geht es heute nicht gut. Wann wird es ihm je wieder gut gehen…?« Und ich sah die Worte, die er geschrieben hatte… Lassen Sie mich überlegen… *Sieh, vernichtet liegt im Staube,/ Unerhörtem Gram zum Raube,/Meines Lebens Martergang/Nahend ew'gem Untergang./Tödt' es und mich selber tödte…* und dergleichen mehr, ein vergebliches Flehen, dass diese düstere Welt erscheinen möge, als wäre sie vom allmächtigen Traum der Liebe erfüllt. Und ich war sehr betrübt und küsste ihn auf die Wange und wollte ihm sagen, dass sie doch bereits voll der Liebe war, die wir ihm alle entgegenbrachten … Aber ich konnte es nicht sagen, hatte ich doch nur die Worte eines Kindes, und fing deshalb an zu plappern, dass es bald wieder Frühling sein werde und dann könnte er mit uns in den Prater oder den Wienerwald gehen, und die frische Luft und die Sonne würden ihn wieder gesund machen. Und ich klammerte mich an ihn, doch er schob mich sanft weg, und Mama kam und sagte, ich müsste ihn jetzt in Frieden lassen, und ich sagte, dass ich mich immer um ihn kümmern würde, und er nahm seine Augengläser ab und kniff die Augen zusammen und bedeckte sie mit der Hand und nannte mich noch einmal »seine geliebte Pepi«. Und ich rief aus, es wäre mir egal, wenn er mich anstecken würde … Aber Mama zog mich weg, und ich konnte nicht aufhören zu weinen, weil ich Franz so unglücklich sah und an die Worte denken musste, die er geschrieben hatte, die ich nicht verstand, die aber voller Trauer waren …

Zu der Zeit schrieb er Verlegern und beklagte sich, dass sie ihm zu wenig Geld anboten und behaupteten, die Leute wollten dies und das und jenes nicht, so als ob er lernen müsste, *anders* zu komponieren … Und so blieb es für den Rest seines Lebens … Die Verleger in England hätten ihn bestimmt nicht auf eine so ignorante Art behandelt, so herablassend und *ordinär*, wie die Franzosen es nennen … Ja, natürlich mussten sie an den Verkauf und ans *Geldverdienen* denken …

Und dann ging er ins Spital, wohin ich ihm Kleidung brachte, die Mama für ihn gewaschen und wobei ich ihr geholfen hatte, und Papier, damit er noch mehr Opern schreiben konnte und auch die Lieder zur *Schönen Müllerin*, die bei allen sehr beliebt sind. Aber ich blieb nicht lange, weil er nicht wollte, dass ich ihn so sah, ein armes Wesen, das dort lag, seine Musik auf der Bettdecke verstreut, einer von vielen unter den Kranken und Sterbenden und den ganzen Geräuschen ihres Leidens … Und als eine Schwester mit der Quecksilbersalbe kam, verließ ich ihn …

Als es ihm besser ging, fuhr er nach Linz und nach Steyr, wo er wieder krank wurde, wie wir hörten … Und als in diesem Winter mein Bruder Andreas geboren wurde, lag er auch im Bett … Er wohnte bei Herrn Huber, und zwei Ärzte kümmerten sich um ihn und meinten, bis Weihnachten würde er wieder völlig gesund sein. Er hielt eine sehr strenge Diät aus in Wasser gekochtem Brot und manchmal Kalbskoteletts und trank viel Tee, damit er schwitzen konnte, und nahm viele Bäder, und für den Rest seines Lebens schaute er immer wieder auf seine Uhr, um seine Medikamente nicht zu vergessen …

Sie müssen die Ärzte fragen, was für eine Krankheit er hatte, die eine solche Behandlung erforderte … Er musste sich die Haare abrasieren und trug eine Perücke, und ich sah die Schorfe und Flecken, die seinen Kopf bedeckten, und er hatte auch kleine, dunkle Flecken im Gesicht und an den Händen … Nein, mein Herr, es waren nicht die Blattern … Als er uns nach Weihnachten besuchen kam, wuchsen seine Haare nach wie der Flaum eines jungen Schwans, und bald ging es ihm besser, doch er blieb oft im Haus und aß nur wenig. Zu der Zeit war es Dr. Bernhardt, der sich um ihn kümmerte, und Franz widmete ihm aus Dankbarkeit Klavierduette … Und so wurden wir allmählich wieder glücklich, und Vater sagte uns, wir sollten alle Gott in unseren Gebeten danken, dass Franz verschont geblieben war, aber ich sah in seinen Augen, dass er es nicht wirklich glaubte …

Dann änderte sich wieder alles, und wenn er uns besuchen kam, war seine Stimme manchmal heiser, und er sagte, er hätte Kopfschmerzen und Schmerzen in den Knochen, und in seinen Augen konnte ich seine Verzweiflung sehen … Als ich ihn einmal bat, uns etwas vorzuspielen, begann er sein Lied *Gretchen am Spinnrade: Meine Ruh ist hin, mein Herz ist schwer, ich finde sie nimmer und nimmermehr* … Doch plötzlich hörte er auf und fasste sich an den Arm und konnte nicht fortfahren. Und Vater und Karl gingen zu ihm und führten ihn weg, und Ferdinand wandte sein Gesicht von uns ab, und ich sah … Verzeihen Sie mir, mein Herr, ich bin plötzlich sehr müde … es ist nichts … Ich habe dringende Dinge zu erledigen … Soll ich Ihnen noch Kaffee holen …?

Verzeihen Sie mir … Meine Tochter wird ihn bringen … Helfen Sie mir auf die Sprünge … Ja, zu dieser Zeit schrieb er seinem Freund Leopold Kupelwieser, der nach Rom gezogen war … Er ist ebenfalls einer unserer berühmten Wiener Maler, aber Moritz von Schwind war er nicht ebenbürtig … Sie waren so freundlich, unsere wunderschöne Architektur zu loben, wenn Sie wollen, können Sie sein Werk in der Liechtentaler Pfarrkirche sehen … Dort wurde auch Franzens erste Messe aufgeführt, wie ich Ihnen vielleicht schon erzählt habe … Es ist nicht weit … Natürlich, mein Herr, Sie haben nicht die Zeit, alles zu sehen … An Kupelwieser schrieb er, dass er, wenn er schlief, nicht wieder aufwachen wollte, und dergleichen Worte der Verzweiflung, die wir nur jenen schreiben, denen wir vertrauen, oder für unsere Gebete aufheben. Aber vor uns verbarg er das, er sagte, er wäre jetzt geheilt, und zeigte uns, dass seine Haare unter der Perücke wieder nachwuchsen, und ließ sie mich streicheln … Aber er wandte das Gesicht vom Licht ab, weil es ihm in den Augen wehtat, und hielt sich die Stirn, weil er oft Kopfschmerzen hatte … Und so ging es weiter, aber er versuchte immer, uns zu schonen …

Einmal sagte Maria, sie hoffe, er würde nie heiraten, denn dann würde er uns nicht mehr so oft besuchen kommen, und er eilte aus dem Zimmer, und Mama ging mit ihm, und ich hörte, wie sie sich bemühte, ihn zu trösten. Und Maria weinte und sagte, sie hätte doch nur gemeint, dass sie ihn liebte und wir seine Kinder waren und er keine anderen brauchte. Und auch ich weinte, denn ich dachte genauso. Dann kam Vater mit dem Geld für die Ärzte, und sein Gesicht zeigte große Strenge, als er sagte: »Was soll denn das? Was soll denn das? Tränen an einem Sonntag?«, und er befahl uns, fröhlich zu sein, und wir versuchten wie immer, ihm zu gehorchen. Dann kehrte Franz zurück und nahm Maria in die Arme und sagte ihr, was auch passieren sollte, er würde sie immer besuchen kommen, und danach sang er mit seiner heiseren Stimme ein kleines Wiegenlied und kicherte, als Andreas aufwachte und zu weinen begann und Mama mit ihm davonging, um ihn zu stillen ... »Der kleine Probstl hat Hunger«, sagte er. So nannte ihn Franz, weil er so dick war. Und wir waren wieder glücklich ...

Sollte ich wiederholen, mein Herr, dass die Leute keinen Anlass haben, wissen zu wollen, ob er am Typhus oder am Fleckfieber oder am Nervenfieber starb, wie seine Mutter, oder an dieser oder jener oder an einer anderen Ursache? Warum wollen sie es denn wissen ...? Warum, warum ...? Verzeihen Sie mir ... Denn wenn ich mich an diese Dinge erinnere, auch wenn seitdem viele

Jahre vergangen sind, höre ich seine Stimme und sehe sein Gesicht, als wäre es gestern … Ah, ich höre meine Tochter … Bitte vergessen Sie nicht, Englisch mit ihr zu sprechen … Hier … Vielen Dank …

Spricht sie es nicht sehr gut …? Sie sind der erste Engländer … Deshalb ist sie wohl errötet … Auch sie sagte, dass Sie sehr charmant sind …

Bitte zünden Sie sich Ihre Zigarre an, mein Herr, da Sie das Gebäck aufgegessen haben … Ja, im Jahr nach Beginn seiner Krankheit fuhr er ein zweites Mal zu den Esterházys nach Ungarn. Es war Ende Mai, und ich war neun Jahre alt … Als er sich verabschieden kam, bat ich ihn, nicht so lange zu bleiben und nach seiner Rückkehr mit uns in den Wienerwald oder den Prater zu gehen … Von dort schrieb er Vater und sagte, er wäre bei guter Gesundheit und sehr gut aufgenommen worden. Und Mama las Vaters Antwort, in der er fragte, wo in der Geschichte ein großer Mann zu finden wäre, der nicht durch Leiden und standhaftes Ausharren Ruhm erlangt hätte? Und er sagte, er würde gern jene überzeugen, die er am meisten liebte, so zu denken, und dass niemand glücklich sein kann, der nicht beständig mit Gott in Verbindung steht und sich standhaft an seinen heiligen Willen hält … Das schrieb er, und so sprach er auch oft mit uns, so dass wir seine Worte beinahe schon hörten, bevor er sie ausgesprochen hatte …

Ich lächle, weil es kein fröhlicher Brief war, den Vater schrieb, denn er berichtete ihm von zwei Männern, die gestorben waren, einer am Schlagfluss, der andere am Nervenschlag, und sagte auch, dass das Wetter schlecht gewesen war, mit Regen und Stürmen und Hagel, so dass die Winzer nur wenig Hoffnung hatten … Dann kam Ignaz dazu und schrieb ebenfalls einige Zeilen, in denen er sagte, viele Leute würden sich umbringen, denn das wäre der schnellste Weg in den Himmel … Er bemerkte, dass ich es las, und nahm den Brief weg und versiegelte ihn schnell, damit Vater ihn nicht sah … Ich glaube, Theresia hat ihn jetzt … Ich erinnere mich noch gut an die Zeit, als Franz so lange in Ungarn war, um Karoline Esterházy und ihre Schwester zu unterrichten, und wie sehr ich ihn vermisste, als das Wetter besser wurde und der Sommer kam und er nicht da war, um mit uns zu spielen und in den Prater zu gehen …

Eines Tages ging ich mit Ferdinand zu Theresias Haus, und wir kamen an dem Wirtshaus Zur ungarischen Krone vorbei, wo die Uhr einen von Franzens Walzern spielte. Er blieb stehen und fasste mich an der Schulter und sagte: »Hör nur, Pepi! Hör nur!«, und ich lachte und tanzte ein paar Schritte zur Musik, und schaute dann zu Ferdinand hoch, der ebenfalls lächelte, aber Tränen liefen ihm übers Gesicht, und er war überwältigt von Schmerz und Sehnsucht, was ich nicht verstehen konnte, war die Musik doch so schön und fröhlich … Dann nahm er seine Hand weg, und wir gingen langsam und schweigend weiter, und ich wagte es nicht, ihm noch mal ins Gesicht zu sehen wegen des Kummers, den ich erblicken würde …

Bevor wir Theresias Haus erreichten, fragte ich ihn, warum er traurig war, da es Franz doch jetzt besser ging, und er schüttelte den Kopf und sagte: »Ich habe ihm nicht geschrieben. Was wird er jetzt von mir denken? Dass ich faul und kaltherzig bin und ihn vergessen habe …« Und später versicherte er mir dann, dass er Franz geschrieben hatte, der auch bald darauf antwortete, und ich sah, wie er Karl und Ignaz den Brief zeigte, weil Franz sagte, er wäre verletzt, weil auch sie ihm nicht geschrieben hätten … Und in diesem Brief sagte Franz, es ginge ihm nicht besser, und Ferdinand sagte, das wäre der Grund, warum sein Brief eindeutig an ihn adressiert war, damit Papa und Mama nicht erfuhren, dass er sie belogen hatte … Ferdinand ließ Franzens Brief herumliegen, und ich las, dass er fragte, ob Ferdinand geweint hatte, als er seinen Walzer an der Ungarischen Krone hörte, weil er ihn vermisste oder weil ihm all die Tränen in den Sinn gekommen waren, die er ihn schon weinen gesehen hatte … Und nun wusste ich, dass viel vor mir verborgen wurde, und ich hielt meine Tränen zurück … Doch als ich an diesem Abend in meinem Bett lag, weinte ich sehr viel, ich sah Franz vor mir mit seinem Ausschlag im Gesicht und hörte seine heisere

Stimme … Dann rief Maria nach Mama, und ich konnte ihr nicht erklären, warum ich weinte, deshalb sagte ich, ich hätte Schmerzen im Bauch, und sie fürchtete, ich hätte die Cholera. Dann fragte ich sie, wann Franz wieder nach Hause käme, und sie sagte, ich müsste nicht traurig sein, weil ich ihn bald wiedersehen würde. Aber am Rand ihres Lächelns sah ich, dass sie wusste, seine Krankheit würde nie zu Ende sein … Wenn Sie mich entschuldigen wollen, ich muss jetzt gehen …

Ja, er hatte oft Kopfschmerzen, aber die sind üblich und haben nichts zu bedeuten … Und er unternahm lange Spaziergänge, ließ uns aber nicht mit ihm gehen, obwohl wir ihn anflehten … Eines Tages musste er sich plötzlich setzen, weil ihm schwindelig wurde und sein Gesicht sich rötete wie im Zorn. Und er konnte nicht immer essen, was Mama für ihn kochte, weil er sagte, die Ärzte erlaubten es nicht. Ferdinand schrieb, einmal hätte er um Fisch gebeten und dann plötzlich Messer und Gabel auf den Teller geworfen und gesagt, er würde Gift schmecken … Das war kurz vor dem Ende, und danach aß und trank er fast gar nichts mehr, bis auf seine Medizin …

Sie fragen und fragen … Ihr Bruder will also Arzt werden? Nein, wir haben keinen in unserer Familie, aber mein älterer Bruder ist Buchhalter, und ist das nicht ähnlich fürsorglich …? Ganz am Ende … Nein, er hatte keine Schmerzen im Bauch, und er hatte kein Fieber und auch keinen Ausschlag auf der Haut … Seine Haut war rein, und er hatte keine empfindlichen Stellen am Körper … Er hustete nicht … Sie schröpften ihn, wie es damals der Brauch war, aber nein, mein Herr, natürliche Blutungen hatte er keine … Er unternahm viele Spaziergänge, und zwei Wochen vor seinem Tod ging er nach Hernals, um Ferdinands Requiem zu hören, das er sehr lobte … Das war die letzte Musik, die er hörte, dann ging er drei Stunden spazieren, in denen ich auf ihn wartete, und danach wurde er sehr schwach, aber ungeduldig und ruhelos und konnte noch bis vier Tage vor seinem Tod vom Bett aufstehen … Der Doktor brachte viele Medikamente und Leinsamen und Salben und Senfpulver und Pflaster, und das alles war sehr teuer … Ich weiß nicht, ob die Salbe Quecksilber war, denn Dr. Vering sagte den Krankenschwestern nur, wie sie sie anzuwenden hatten, und ich sagte, ich könnte es tun, aber sie erlaubten es nicht, bis Franz darauf bestand … Und als Dr. Vering mir zuschaute, runzelte er die Stirn, und ich dachte, weil meine Finger zitterten, doch dann schüttelte er den Kopf, als hätte das alles keinen Sinn, und berührte Franzens Schläfe, und ich hörte ihn flüstern, er befürchte, dass die Ader dort platzen werde …

Bitte, mein Herr, legen Sie Ihren Federhalter weg … Denn ich weiß nicht, warum er starb … Wir haben in der Familie nie darüber gesprochen. Ich weiß nur, dass er oft krank war, als er wieder bei uns wohnte, und ich war damals sieben Jahre alt, und zuvor hatte er bei Schober gewohnt … Ich habe gehört, dass er kurz vor seinem Tod einen seiner Freunde traf und ihm sagte, er wolle nicht über Musik reden, weil er nicht mehr zu dieser Welt gehöre … und so war es, und er gehorchte seinem Vater, war standhaft im Leiden und gewann so seinen ewigen Ruhm …

Wie ich Ihnen bereits gesagt habe, ich war oft allein mit ihm, als er im Sterben lag … Ich weiß nicht, was Sie meinen … Dass er, wenn er nicht zu diesem Zeitpunkt gestorben wäre, später einen viel schlimmeren Tod erlitten hätte …? Wie hätte er verheiratet sein und Kinder haben können, da er doch immer krank war …? Dass er hätte erwarten können, dass eine Gemahlin ihn pflegte, ob nun Therese Grob oder eine andere …? Nein, mein Herr, über seine Krankheit werde ich Ihnen nichts weiter sagen, weder jetzt noch irgendwann … Verzeihen Sie mir, denn Sie haben mich höchst liebenswürdig angehört, so dass ich jetzt offen mit Ihnen sprechen kann …

Einen Augenblick, mein Herr … Vielleicht bedenken Sie auch jenes: dass er, um seine Lieder zu schreiben, sich in die Gedanken vieler Dichter hineinversetzen musste, es mögen fast hundert gewesen sein … Darunter Goethe und Schiller, falls diese Namen Ihnen etwas sagen … Wie viele Lieder es sind? Mein Onkel Ferdinand hat gesagt, mehr als sechshundert …

Verzeihen Sie mir, mein Herr, ich will etwas sagen, was sehr schwer für mich ist … dass er eine Fülle von Empfindungen erforschte, die nicht seine eigenen waren, um ihnen Ausdruck zu verleihen samt der grenzenlosen Freude und des unendlichen Leids darin … So sagte er das selber: dass alles, was er geschrieben hat, aus seinem Wissen über die Musik und das Leid kommt. Und er hat auch gesagt, dass niemand den Schmerz oder die Freude anderer verstehen kann, dass wir uns immer einbilden, wir kommen zusammen, und gehen doch nur nebeneinander her, und was für eine Qual das ist für jene, die das erkennen. Ist es nicht so, mein Herr, dass wir auf getrennten Wegen durchs Leben gehen und unser Leid alleine tragen? So dass er nicht nur sein eigenes trug, das reichlich war, sondern das Leid der ganzen Welt und die Einsamkeit darin … Nein, mein Herr, als *extravagant* würde ich das nicht bezeichnen. Vielleicht kommen Sie eines Tages wieder, wenn Sie mehr von seiner Musik gehört haben, und können mir dann Worte sagen, in denen mehr Wahrheit liegt …

Als er im Sterben lag, hielt ich seine Hand, und sie war feucht und kalt, und plötzlich sah ich in seinen Augen ein seltsames und entferntes Leuchten, als würde er zu guter Letzt alles begreifen. Kurz zuvor hatte er einige Gedichte über eine Winterreise gefunden, und das war auch die Zeit, in der er starb, kurz vor dem Herz des Winters. »Hier ist mein Ende«, sagte er sehr leise, und seine Hand fiel schlaff in meine … Aber ich bin niemand und war doch nur seine Schwester.

Was sagen Sie, mein Herr? Nicht nur ein Ende, sondern auch ein Anfang? Sie sprechen sehr rücksichtsvoll, aber wo kann man Trost finden, wenn nicht in der Fülle der Zeit in den Seelen von anderen?

VIII

Vor zehn Jahren kam Eduard Traweger uns besuchen. Er ist ein Soldat, der damals den Rang eines Adjutanten bekleidete und der in seiner weißen Uniform mit scharlachroter Schärpe und polierten Goldknöpfen sehr gut aussah. Er hatte Franzens Grab besucht und entschuldigte sich bei Ferdinand, weil seine Schwester alle Briefe Franzens an seinen Vater verloren hatte … Ich weiß nicht, ob er über die Zeit geschrieben hat, die Franz bei seiner Familie in Gmunden lebte. Vogl war auch dabei, denn damals führten sie oft miteinander seine Lieder auf, und Franz sprach von Traweger senior wie von einem zweiten Vater und sagte, er sei sehr gelehrt und spreche viele Sprachen …

Traweger war damals erst vier Jahre alt, aber er erinnerte sich noch sehr deutlich an Franz. In dem Jahr, als Franz starb, bat er seinen Vater, ihn noch einmal einzuladen. Und Franz fragte, wie viel er für Unterkunft und Verpflegung verlangt, und sein Vater erwiderte, natürlich nichts, aber wenn er Wohltätigkeit nicht annehmen oder niemandem zur Last fallen wollte, dann könnte er so lange bleiben, wie er wollte, für nur fünfzig Kreuzer am Tag, wobei er für den Wein extra zahlen müsste … Haben Sie Geduld, mein Herr …

Er sagte uns, er hätte Krupp gehabt, und die Ärzte hätten gesagt, Blutegel sollten an seinem Hals und seiner Brust angesetzt werden, er aber hätte sich geweigert und geweint vor Angst, bis Franz versprach, sie ihm selber anzusetzen, und das tat er auch unter den Augen der Ärzte. Und während die Egel an ihm hingen, schenkte Franz ihm einen silbernen Bleistiftschuber als Belohnung für seinen Mut … Er lächelte sehr viel, als er uns das erzählte, und sagte, von diesem Tag an hätte er geglaubt, tapfer genug zu sein, um Soldat zu werden … Er sagte uns, viele wären gekommen, um Franz und Vogl zu hören, und sein Vater hätte ihm erlaubt, zu bleiben und zuzuhören, damit die Musik in sein Herz einziehe und immer dort verweile … Nach dem Ende der Vorstellung umarmten sie sich manchmal, und die Gefühle waren so mächtig, dass sie manchmal in Tränen ausbrachen … Und als sie einmal in Linz spielten, mussten sie vor dem Ende abbrechen, weil die Frauen mit ihrem Weinen zu viel Lärm machten … Aber solche Gefühlsausbrüche waren damals auch in Mode …

Und er erzählte, dass er jeden Morgen zu Franz gestürzt war, um ihn noch im Morgenmantel, aber bereits eine Pfeife rauchend zu sehen, und dass Franz ihn dann aufs Knie genommen und ihn mit Rauch angeblasen und ihm seine Augengläser aufgesetzt und seinen Bart an seiner Wange gerieben und ihn seine Locken zerwühlen lassen hätte … In Vogls Zimmer wäre er nicht gegangen, weil der ihn nur davonscheuchte und ihn einen »schlimmen Buben« schalt, weil er seinen Schlaf störte … Und er hätte versucht, Noten zu schreiben, die er dann Franz brachte, der großen Gefallen daran fand und ihm sein bleiernes Tintenfass schenkte, um ihn weiter zu ermutigen … Dies wurde in einem Glaskasten aufbewahrt, und er nahm es mit sich, als er Student wurde … Ja, er hatte es noch immer und versprach, es uns zu schicken, aber Ferdinand sagte ihm, dass man Geschenke, die aus Liebe gemacht wurden, behalten sollte …

Und Franz brachte ihm das Lied *Guten Morgen, schöne Müllerin* bei, das zu singen er zu schüchtern war, wenn Freunde anwesend waren, bis Franz ihn zwischen die Knie nahm und ihm einen Silbergroschen versprach, und dann quiekste er, so gut er konnte, zu Franzens Begleitung … Dann erzählte er, dass die Freunde manchmal auf dem See beim Segeln gewesen wären, aber plötzlich hielt er inne und hielt sich die Hand vor den Mund, als hätte es ihm die Kehle zusammengeschnürt oder er hätte angefangen zu lachen. Dann entschuldigte er sich und ging zum Fenster, um sein Gesicht vor uns zu verbergen, und lange konnte er nicht fortfahren, sondern betupfte sich die Augen mit dem Taschentuch, und wir schauten uns an, ob einer von uns vielleicht etwas sagen sollte … Es war für mich ein merkwürdiger Anblick, einen Soldaten im Rang eines Leutnants in seiner adretten Uniform weinen zu sehen. Dann drehte er sich um und streckte uns den Bleistiftschuber entgegen, den ich von seiner Hand nahm und an die anderen weitergab, und wir bedankten uns, weil wir meinten, wir sollten ihn behalten. Doch Ferdinand gab ihn zurück, und er steckte ihn in die Tasche seines Rocks und sagte, er trage ihn immer und überall bei sich. Und Ferdinand sagte höflich, dass er ihn seinen Kameraden zeigen sollte, denn sogar Soldaten wären bestimmt beeindruckt, wenn sie erfuhren, dass er Schubert gekannt hatte …

Als er sich wieder gefasst hatte, erzählte er uns, dass seine Mutter und sein Vater bei der Nachricht von Franzens Tod viel geweint hätten und er und seine Schwestern ebenfalls, und sie wären untröstlich gewesen. Und viele Besucher wären gekommen, die seine Musik kannten, und hätten ebenfalls geweint. Dann erhob er sich und war nun wieder ganz Herr seiner selbst, als er uns sagte, dass seine Mutter nun auch tot war, und Franz an ihrem Namenstag gestorben war. Und Ferdinand dankte ihm noch einmal sehr herzlich für seinen Besuch, aber Mama und ich sagten nichts, denn unser Kummer war größer als seiner, und wir fanden keine Worte dafür … Ich wollte Sie nur wissen lassen, mein Herr, wie glücklich Franz mit Kindern war, auch mit uns spielte er, außer wenn wir nicht in seine Nähe durften …

Wenn Sie mehr erfahren wollen, mein Herr, müssen Sie Herrn Faust Pachler besuchen, der jetzt in der Hofbibliothek hier in Wien ist und bei dessen Eltern Franz in Graz im Jahr vor seinem Tod wohnte, wo er so glücklich wie nie gewesen war … Herr Pachler war damals acht Jahre alt, und seine Mutter war eine ausgezeichnete Pianistin, von der Beethoven sagte, sie verstünde sein Werk besser als jeder andere … Als Franz aus Graz zurückkehrte, kam er uns besuchen und erzählte uns sehr viel darüber, vor allem über den Ausflug nach Schloss Wildbach, wo er mit sechs bezaubernden Schwestern Streiche spielte, und wie gut ihm der Wein dort geschmeckt hatte, der rötlich und nicht allzu berauschend war … Er spielte und sang dort in einem wunderschönen, blauen Zimmer mit Blick auf den Garten …

Und er erzählte uns von seiner Rückreise durch die Berge, wo er zum Gruß aller seiner lieben Freunde in der Steiermark den Hut hob … Im Jahr seines Todes wollte er sie wieder besuchen, doch wie ich bereits erklärt habe, hatte er kein Geld … Und er sagte uns, er könne sich nicht wieder an Wien gewöhnen, das so voller verwirrtem Geplapper war und ohne Herzlichkeit und wahre Offenheit … Herr Pachler erzählte Ferdinand einmal, dass Franz eines Abends, als sie seine Kompositionen spielten, gesagt hatte, er hätte davon schon genug in Wien gehört, und sie sollten doch etwas Steirisches spielen … Und dass Franz versprochen hätte, ein Stück für vier Hände zu schreiben, damit er es zusammen mit seiner Mutter am Namenstag seines Vaters spielen könnte, und er ihm geschrieben hätte, um ihn daran zu erinnern, obwohl er damals noch ein Kind war ... Und Franz sagte zu Ferdinand, das wäre nicht die Art Komposition, die ihm zusagte, aber die Pachlers wären so nett, dass er sein Versprechen nie brechen könnte, und das tat er auch nicht ... An Pachlers Vater schickte er *Alfonso und Estrella* und hoffte, dass sie es in Graz aufführen wollten, und als Ferdinand später darum bat, schickte er es mit Freuden zurück, worüber Ferdinand sehr froh war. Das war, bevor Schober ihm diesen sehr *unverschämten* Brief über die Oper schrieb ... Nein, mein Herr, Wildbach habe ich nie besucht, dort hing aber ein Porträt von Franz zur Erinnerung an seinen Besuch. Es hing über dem Tor des Pferdestalls, und Karl meinte, der Platz wäre unangemessen und das Porträt sehr schlecht ...

Falls ich zu schnell spreche, dann, weil die Erinnerungen mich überwältigen, denn Sie werden Wien bald verlassen, und wenn Sie dann weg sind, werde ich mir wünschen, ich hätte Ihnen noch mehr sagen können ... Sie müssen schon gehen ...? Bitte, mein Herr, ich wollte Ihnen eben noch erzählen ... Es dauert nicht lange ... Hätten Sie noch gern einen Kaffee ...? Und ich kann Wilhelmine nach Gebäck schicken ...

Es war im Winter, zwei Jahre vor Franzens Tod, als Ferdinand mit Mama, Maria und mir zu einer Schubertiade in Spauns Haus ging ... Ich weiß nicht mehr, warum wir eingeladen waren ... Als Franz uns einmal besuchte, fragte ich ihn, wann Maria und ich alt genug wären, um zu den Festen zu gehen, auf denen er seine Musik spielte, und Vater schüttelte sehr streng den Kopf und sagte, bald würden wir betteln, in Tanzsäle gehen zu dürfen. Franz unterbrach ihn dann sehr respektvoll und sagte, niemand sei zu jung für Musik ... Und als er gegangen war, erklärte Mama uns, dass Franz noch ein anderes Leben außerhalb seiner Familie führte, mit berühmten Menschen wie Sophie Müller und den Fröhlich-Schwestern und Männern in hohen Regierungsämtern und Dichtern und Musikern, und wir hätten keine Beziehungen und sollten nicht erwarten, bei diesen Leuten willkommen zu sein, nur weil wir seine Schwestern waren ... Und Papa fügte hinzu, wir hätten unsere eigenen guten Freunde, und das wäre mehr als ausreichend ... Doch bald darauf erhielten wir einen sehr wohlwollenden Brief von Herrn von Spauns Mutter, in dem sie schrieb, es wäre ihr eine große Ehre, wenn wir es einrichten könnten, in der folgenden Woche in ihr Haus zu kommen ... Ich weiß noch, dass es ein Donnerstag war ... Papa kannte Spaun, der mit Franz im Konvikt gewesen war, und hielt ihn für einen hervorragenden Mann, dessen Einfluss auf Franz sehr löblich gewesen war ... Ja, das ist so, es war Spaun, der so freundlich mit mir sprach, als Franz im Sterben lag, und sagte, wie gut ich für ihn sorgte und dass man ihn auch Pepi rufe …

Papa sagte, er hätte zu viel Arbeit zu erledigen, und Ferdinand sollte uns bringen … Ignaz wollte nicht mitkommen, weil er meinte, die Leute dort wären sehr geistreich und modisch, und vier Schuberts wären mehr als genug … Und Maria und ich wurden sehr aufgeregt, und Mama versuchte, uns zu beruhigen, aber auch sie war aufgeregt, und sie hoffte, Schwind wäre da, damit wir wenigstens jemand kannten … Und sie schneiderte uns neue, blaue Seidenkleider mit Rüschenspitzenkragen und Puffärmeln und kaufte uns schwarze Samtschärpen und gelbe Bänder für unsere Haare, aber Vater sagte, wir wären zu jung, um Halsketten oder auch nur Armbänder zu tragen. Dann holte Ferdinand uns in einer Kutsche ab, für die Vater ihm das Geld gab …

Spaun und seine Mutter begrüßten uns sehr herzlich und führten uns zu Stühlen in einer Ecke, wo wir nicht zu sehr auffallen würden. Es waren viele anwesend, die uns nicht kannten und uns neugierig anschauten … Frau von Spaun war zu der Zeit bereits eine alte Dame, und als sie gegangen war, flüsterte Mama uns zu, ihr erster Mann wäre am Tag ihrer Hochzeit gestorben … Auch sie hieß Josefa und starb knapp zehn Jahre später auf der Straße, weil sie einer Kutsche nicht schnell genug ausweichen konnte und von den Pferden niedergetrampelt wurde … Ist das in London nicht ebenso, dass zu viele Kutschen auf der Straße sind und die Kutscher manchmal betrunken sind oder zu schnell fahren, als wären die Straßen nicht auch für andere da …? Doch ach, sie war so freundlich zu uns an diesem Tag, und ich werde mich immer an sie erinnern …

Die Einzigen, die wir kannten, waren Mayrhofer und auch Schwind, der uns überschwänglich begrüßte und uns Schmeicheleien sagte, wie bezaubernd wir aussähen und dass er ein Porträt von uns allen zusammen malen würde, was er dann aber nicht tat … Er sagte uns, dass Franz sich verspäten würde, und vielleicht hätte er es vergessen, und jemand hätte eine Kutsche nach ihm geschickt … Und eine Dame hörte ich murmeln, dass er oft nicht käme, wenn man ihn erwartete … Dann verließ uns Ferdinand, um mit einem hohen Hofbeamten zu sprechen, und wir blieben in der Ecke sitzen, und manchmal schauten Leute kurz zu uns herüber, doch meistens waren sie zu sehr mit Gesprächen über gesellschaftliche Dinge beschäftigt, die sehr *geistreich* waren, und einige sprachen schlecht von der Regierung, und ich schaute Mama an, um zu sehen, was sie dachte, aber sie starrte Schwind an …

Das war das erste Mal, dass ich Herrn Vogl sah. Er war sehr groß, hatte ein vorstehendes Kinn und ein sehr hochmütiges Gebaren, und er war umgeben von Leuten, auf die er durch sein Lorgnon hinabschaute, oder er ließ den Blick über sie hinwegschweifen, als wäre das, was sie sagten, unerheblich … Mama fragte Schwind, ob Schober hier wäre, und Schwind nickte sehr bewundernd in eine Ecke, wo er so dicht neben einer Dame saß, dass sein Schnurrbart beinahe ihre Wange berührte, und sie starrte nur auf ihren Schoß hinunter, als wäre das, was er sagte, unschicklich und zu *aufdringlich* … Und Mama fragte Schwind, wer sie sei, und er erwiderte, Justina von Bruchmann … Ich weiß nur, dass sie danach mit einem anderen Mann verlobt war, den sie am Tag von Franzens Tod heiratete, und sie selbst starb ein Jahr später im Kindbett …

Dann kam Mayrhofer zu uns, um uns seine Aufwartung zu machen und sich nach Papa zu erkundigen. Sein Lächeln war flüchtig und nur für ihn selbst, und seine Augen glänzten zwar, aber es war keine Freude oder Aufmerksamkeit in ihnen, so als würde er uns kaum sehen … Dann holte Schwind ihn weg, blieb aber bei einer Dame stehen, die etwas zu ihm sagte, und Mayrhofer ging allein ans Fenster … Ich habe Ihnen gesagt, dass er ein Zensor war, und Ferdinand hatte in der Kutsche gesagt, dass jedermann sich vor Spitzeln hüten sollte … Das fiel mir wieder ein, als drei Männer sich in unsere Nähe stellten und flüsterten und sich umschauten, und ich hörte den Namen Metternich, und dann kam ein anderer Mann, der sich lauthals über die Zensoren beklagte, und Mama sagte uns, das sei Grillparzer …

Und so warteten wir, und Franz kam noch immer nicht, deshalb spielten zwei Männer ein Duett, und Ferdinand trat hinter uns und stellte uns den einen als Eduard von Bauernfeld vor, der uns nach der Revolution besuchte, wie ich Ihnen bereits erzählt habe. Und alle applaudierten sehr laut, vor allem Vogl, der neben dem Flügel stand und ungeduldig darauf wartete, endlich singen zu dürfen ... Dann entstand eine Stille, und zum ersten Mal sah ich Sophie Müller, die hereingekommen war, und Vogl verbeugte sich tief und machte ihr Platz, und sie sang drei von Franzens Liedern ...

Ich kann Ihnen sagen, mein Herr, sie war die bezauberndste und lebhafteste Dame, die ich zuvor oder danach je sah. Franz ging oft mit Vogl zu ihr, um seine Lieder zu spielen ... Ja, ich kann mich noch gut an die Lieder erinnern, die sie an diesem Abend sang. Es waren *Die junge Nonne* und *Der Einsame* und das erste Lied aus *Suleika* ... Das kennen Sie, mein Herr ...? Ja, wenn Sie meinen, dass Sehnsucht und Liebe darin befriedigt scheinen ... Und sie sang sie aufs Schönste mit einem ernsthaften Gesicht, und die Leute lauschten ihr verzaubert, einige hatten die Augen geschlossen oder schauten in die Höhe, und als sie geendet hatte, gab es wieder lauten Applaus, und Vogl umarmte sie, und mehrere Damen zogen ihre Taschentücher heraus, um sich die Tränen zu tupfen ... Dann musste sie sich verabschieden, um ins Theater zu gehen, und sie verbeugte sich höchst anmutig, und wieder klatschten alle, am lautesten ich, so dass sie mich sah und mir zulächelte und einen Kuss zuwarf, und Maria errötete, und Mama berührte meine Wange, damit ich mich nicht schämte … Ich sollte Ihnen sagen, mein Herr, dass Sophie Müller kurz danach starb und ganz Wien um sie trauerte. Und ich wurde damals sehr stolz bei dem Gedanken, dass Franz so eine Frau kannte und sie besuchen konnte, wann immer er wollte, und sie seine Lieder sang, als hätte er sie nur für sie geschrieben …

Kurz darauf kam Franz dann doch noch. Er war außer Atem und aufgeregt und sah sehr unordentlich aus und ging direkt zum Flügel und spielte mehrere Walzer, die noch lauter beklatscht wurden, vor allem von Mama, aber ich dachte, es könnte ihr vielleicht peinlich sein, dass jemand denken könnte, sie hätte seine Wäsche vernachlässigt … Dann richtete Vogl sich, noch immer klatschend, zu seiner vollen Größe auf und ging auf betont stolzierende Art zum Flügel und fing an zu singen … Und er tat es sehr *theatralisch* mit zu viel Gefühlsüberschwang, und Franz hielt streng das Tempo, wie um ihn zu bremsen … Ich kann nur sagen, er schien eine Rolle zu spielen, als erforderten die Lieder eine Deutung und es genüge nicht, die Gefühle auszudrücken, die bereits in der Musik lagen. Manchmal schwenkte er sein Lorgnon durch die Luft, und einmal schaute ich Mama an, die die Lippen zusammenpresste, um nicht zu grinsen.

Und ich sah, dass sie Schwind beobachtete, der hinter dem Flügel stand und affektiert die Hände bewegte und ein schmachtendes Gesicht machte, um Vogl nachzuahmen, und ich musste mir die Hand vor den Mund halten, damit ich nicht laut herauslachte. Deshalb zwickte mich Mama, und ich kreischte auf, als es in der Musik eine Pause gab, ließ es dann aber in ein Husten übergehen, als eine Dame ihre Ringellöckchen schüttelte und sich einen Finger an die Lippen hielt und mich tadelnd anschaute … Vogls neue Frau war anwesend, die auf ihre Hände herabblickte, als wünschte sie sich, er würde nicht so stark deklamieren, wie wenn er mehr mit sich selbst als mit der Musik beeindrucken wollte. Denn er schnitt Grimassen, die ich für unziemlich hielt, als würde seine Stimme allein nicht mehr ausreichen … Am Ende des ersten Lieds wischte Franz sich das Gesicht mit seinem Taschentuch, denn er schwitzte heftig, und schaute dann zu Schwind, der sofort eine ernste Miene aufsetzte und lauter als jeder andere klatschte …

Nach dem zweiten Lied bedeutete Vogl, dass seine Kehle trocken sei, und man holte ihm Wein, den Franz aber ablehnte. Dann hörte ich zwei Damen neben mir flüstern, und eine sagte, Vogl würde den Applaus entgegennehmen, als hätte er die Lieder selbst komponiert, und Franz wäre zu bescheiden. Und die andere sagte, einmal hätte er für Baron Schönstein im Haus der Prinzessin Kinsky gespielt, und danach hätten sich alle um den Baron geschart, um ihn für seinen Vortrag zu beglückwünschen, und Franz völlig ignoriert. Da wäre die Prinzessin zu Franz gegangen, um das wiedergutzumachen, und Franz hätte ihr gesagt, er wäre es durchaus gewohnt, übersehen zu werden, und zöge es sogar vor, da er sich dann weniger geniert fühlte … Und die Dame deutete mit dem Finger, um anzuzeigen, dass dies nun auch der Fall war, und Franz, der uns noch immer nicht gesehen hatte, schaute mit zufriedenem Ausdruck zu Vogl hoch. Doch jetzt schien Vogl nicht erfreut, so sehr gelobt zu werden, und wedelte mit der Hand, wie um Fliegen zu verscheuchen. Dann trank er seinen Wein aus und fasste sich ans Revers und bat Franz, das letzte Lied noch einmal zu spielen. Es hieß *Im Abendrot,* und beim zweiten Mal sang er es mit so viel zur Schau getragenem Gefühl, dass er Franzens Spiel immer hinterherhinkte. Dann verlangten alle, dass er den *Erlkönig* singen sollte, was er auch tat …

Es war das erste Mal, dass ich das Lied hörte, und ich kann Ihnen sagen, mein Herr, es verstörte mich sehr … Sie auch, mein Herr? Aber Sie sind doch kein Kind … Während Vogl sang, starrten seine Augen wie die eines verängstigten Kindes direkt zu uns, wie es den Anschein hatte, und Maria fasste meine Hand und hielt sich die andere vor den Mund, und ihre Augen waren weit vor Grauen wie die Vogls, was mich belustigt hätte, wäre ich nicht selbst ebenso überwältigt gewesen, und ich bekam meine Hand nicht frei, so fest drückte sie sie … Und als er am Ende sang: »... das *Kind war tot*«, hörte ich in der Stille vor dem Applaus, der vor allem von den Damen sehr laut kam, Maria aufstöhnen, und Vogl breitete die Arme aus und schaute mit scheinheiliger Miene zur Decke hoch, als wäre er stolz, ein Kind erschreckt zu haben. Und Marias Gesicht war blass wie der Tod, und sie drückte sich beschämt an Mamas Brust. Dann schaute ich zu Franz, der sich seine Augengläser auf die Stirn schob und sich das Gesicht wischte und stirnrunzelnd seine Hände anstarrte, die er im Schoß gefaltet hatte, und wirkte, als wäre er erschöpft vor Schmerz, denn die Musik war sehr schnell und schwierig, und er zeigte auch keine Befriedigung über den ganzen Applaus und gestattete Vogl nicht, es ein zweites Mal zu singen...

Aber ich darf nicht schlecht von Vogl sprechen, der Franz immer treu war und seine Musik in ganz Österreich bekannt machte, und er sang sehr gut, und Franz sagte, er wäre ihm wie ein zweiter Vater... Ja, es stimmt, nachdem er die Oper verlassen hatte, machte Franz ihn ein zweites Mal berühmt, und ansonsten hätte man ihn vergessen...

Als die Darbietung zu Ende war und das Essen aufgetragen werden und das Tanzen beginnen sollte, ging Mama zu Ferdinand, um ihm zu sagen, dass wir jetzt gehen wollten. Und er sprach mit Herrn von Spaun, der sagte, eine Kutsche warte auf uns, wann immer wir sie wünschten, uns aber drängte, zuerst etwas zu essen und zu trinken. Franz saß still am Flügel, und Schwind ging zu ihm, um ihn auf uns hinzuweisen, und erst jetzt bemerkte er uns. Sofort sprang er auf und kam zu uns und umarmte uns, damit jeder erfuhr, wer wir waren, und in seinen Augen war viel Freude, uns zu sehen. »Hat es euch gefallen?«, fragte er. »Hat Herr Vogl nicht sehr schön gesungen? Ich werde ihn euch vorstellen. Sehr oft habe ich mit ihm über meine Familie gesprochen.«

Und er ging Vogl holen, der hoch über uns aufragte und uns die Hände küsste, so dass ich meinte, er würde mir die Hand auffressen wie ein Oger, und ich fand ihn hässlich, obwohl ich doch noch ein Kind war … Dann sagte er mit tiefer, vibrierender Stimme, als stünde er auf der Bühne: »Das ist also die Familie von Franz Schubert, vor dessen Genie wir uns verneigen müssen, und wenn er nicht kommt, müssen wir auf Knien hinter ihm herkriechen.« Und Mama errötete, weil sie keine Erwiderung auf dergleichen Firlefanz fand, und Maria und ich schauten Franz an, der nur den Kopf darüber schüttelte, dass so etwas überhaupt ausgesprochen wurde … Andere hatten sich um uns versammelt und nickten zustimmend, vor allem Schwind, der Franz die Hand auf die Schulter legte und sagte: »Genie, Bertl, Genie? Das sind leere Worte, die zu oft geäußert werden.«

Und auch Frau Vogl kam dazu und Frau von Spaun und andere, und alle waren sie sehr freundlich zu uns, bis sie anfingen, Vogl zu loben, der uns inzwischen längst vergessen und sich abgewandt hatte, und ich sah Schober auf ihn zugehen, um ihn ebenfalls zu loben, doch Vogl nickte ihm nur sehr knapp zu und führte seine Frau zu Baron Schönstein. Dann kam Spaun, und auch er mied Schober, was ich erst später verstand, denn seine Schwester war ebenfalls insgeheim mit ihm verlobt, und ihre Mutter verbot das strengstens, weil Schober *gottlos* wäre und sie unglücklich machen würde. Nun bat Spaun Franz, nach dem Essen Walzer zu spielen, damit man tanzen konnte, aber Franz weigerte sich … Dann sagte Mama Ferdinand noch einmal, dass wir nun gehen sollten, und wir brachen hastig auf, und Franz folgte uns. Als wir unsere Umhänge und Hauben anlegten, sagte Franz, er würde in der Kutsche mit uns kommen. Und ich schaute noch einmal in den Saal, wo alle sehr laut redeten, und ich sah Mayrhofer noch immer am Fenster stehen, jetzt aber war Schober bei ihm, und sie lachten beide …

Es war mitten im Winter, und es hatte zu schneien angefangen, und wir brachten Franz in seine Unterkunft. Er saß zwischen uns in der Kutsche und hatte die Arme um uns gelegt, doch er schwieg und schaute zum Fenster hinaus auf den Schnee, der durch den Schein der Laternen fiel. Und Mama wusste auch nichts zu sagen, doch Maria und ich plapperten drauflos und waren sehr stolz, gesehen zu haben, wie so vornehme Menschen seine Musik bewunderten und einige sogar weinten, die Damen in ihren Seidenkleidern und mit prächtig fallenden Ringellocken und Quastentüchern und hübschen Armbändern. Und so fiel mir anfangs gar nicht auf, dass er traurig war …

Dann drückte er uns noch fester und sagte, er wäre müde und hätte Kopfschmerzen und wollte den *Erlkönig* nie wieder hören, und er würde seine Lieder lieber selber singen. Aber ich war noch immer glücklich und sagte, Schwind könnte Vogl sehr gut nachmachen, und dann blies ich die Wangen auf und fuchtelte geckenhaft mit den Händen, und Franz fing an zu lachen und umarmte mich … Doch plötzlich wurde er zornig und sagte, die Leute redeten nur leeren Unsinn über nichts als Pferde und Fechten und Tanzsäle und nähmen überhaupt nichts ernst …

Als wir deshalb Franz zu seiner Unterkunft gebracht hatten, fuhren wir weiter durch den Schnee und die winterliche Dunkelheit, aber unsere Freude war verschwunden, und obwohl Mama uns anlächelte, blieben wir still. Die Kutsche hielt am Rande des Glacis, und der Kutscher sagte, er würde uns nicht weiter fahren, deshalb gingen wir zu Fuß durch den Schnee und rutschten häufig aus. Als wir an den Häusern vorbeigingen, hörten wir ganz dicht bei uns Hunde bellen, und dann andere weiter weg … Es hatte aufgehört zu schneien, der Vollmond tauchte aus den Wolken auf und beschien die Bäume und Dachgiebel und machte sie silbrig, und Mama fing an, *Seligkeit* zu summen, und ich fasste ihre Hand und summte mit ihr. Und in den Häusern der Umgebung flackerten die Kerzen, als wären die Sterne herabgestiegen, und die Hunde bellten im Himmel …

Mehr gibt es nicht zu erzählen … Frau Vogl lebt noch immer in Steyr … Ferdinand erzählte uns, sie hätte zu ihrer Tochter einmal schlecht von Franz gesprochen und ihr gesagt, er wäre *gewöhnlich,* und daran erkennen Sie vielleicht, dass sie genau das selbst ist, und Vogl war bereits alt, als er sie heiratete … Ihr Vater war Kurator der Kaiserlichen Bildergalerie im Belvedere, aber mein Gemahl sagt, dass ein hohes Amt und Kunstkenntnis nicht immer Weisheit bringen …

Mehr will ich Ihnen heute nicht sagen, mein Herr. Ich habe diese Geschichte erzählt, damit Sie wissen, wie Franz zu berühmten Persönlichkeiten der Gesellschaft war, und dass man sich nur seinetwegen an sie erinnert … Aber es gab auch andere wie Eduard Traweger, der uns besuchte wegen seiner Liebe zu Franz, als er noch ein Kind war und nur Franz ihm die Egel ansetzen konnte und ihm einen silbernen Bleistiftschuber schenkte, und der jetzt Soldat ist … Und an dieser Begebenheit können Sie sehen, wie glücklich er in Gesellschaft von Kindern war …

Kurz nach diesem Abend fing er mit der Arbeit an seinen *Winterreise*-Liedern an, und an die muss ich denken, wenn ich mich an die Schubertiade in Spauns Haus erinnere, weil ich dann immer auch den Schnee sehe und die Bäume wie Dornen und die Eiszapfen, die an den Dächern hingen …

Als wir zu Hause ankamen, fragte ich Mama, warum die Leute so streng über Metternich gesprochen hätten, und sie flüsterte, dass wir das auf gar keinen Fall Vater gegenüber erwähnen sollten, der ihn sehr schätzte, weil er in unserem so unruhigen Reich die Ordnung bewahrte. Am nächsten Tag erzählten wir Papa alles, was passiert war, und dass Schwind und Mayrhofer und Spaun sich nach ihm erkundigt hatten. Und er hörte uns sehr aufmerksam zu, lächelte dann und sagte zu uns: »Da seht ihr. Da seht ihr …« Aber er beendete den Satz nicht, sondern runzelte die Stirn und verließ uns, und wir mussten für Mama Arbeiten erledigen und wurden still, weil wir nicht wussten, was er damit gemeint hatte …

Das sagt man also, dass er ein sehr melancholischer Komponist war? Auch ich habe das schon gehört, und dass er beständig vom Licht ins Dunkle wechselt, als hätte er einen Makel oder eine Krankheit in sich. Verzeihen Sie mir, mein Herr, aber solche Leute sind blind oder von böswilligem Geist. Sehen Sie denn nicht, wohin sie auch schauen, den großen Kummer, der in der Welt ist? Die Krankheiten und die Armut, die Krüppel auf den Straßen und die Toten in den Schlachten und die vielen anderen, die vor ihrer Zeit sterben, vor allem die Kinder. Wer kann da lange fröhlich bleiben …? Und alle seine toten Brüder und Schwestern und seine arme, verehrte Mutter … O nein, was an Schmerz in seiner Musik ist, spricht nicht allein von ihm, sondern kommt aus der Welt, wie sie ist und immer sein wird …

IX

Beethoven ...? Natürlich hat Franz ihn viele Male gesehen, auf der Straße oder in einem Kaffeehaus, und er sprach auch oft von ihm, sehr oft ... Aber bis zum Ende wusste Beethoven nichts von ihm, überhaupt nichts ... Ob das merkwürdig ist ...? Er sagte einmal, dass das, was er schrieb, sehr klein wäre, denn wer könnte nach Beethoven noch irgendetwas machen, und natürlich könnte er ihn nicht ansprechen ... Und Mama sagte, er wäre doch noch jung und sollte nicht so reden, und ich sagte ihm, seine Lieder wären besser als alle anderen, die je geschrieben worden wären, und Maria fasste seine Hand und sagte ihm dasselbe, und dann lächelte er, als würde er es beinahe glauben ... Ich erinnere mich an diesen Tag, weil er wieder einmal heftige Kopfschmerzen hatte und sein Gesicht blass und der Ausschlag wieder aufgeblüht war und wir ihn so gerne glücklich machen wollten ...

Es war Ende März 1827, als Beethoven starb. Ein kalter Wind blies von Norden her über den Wienerwald, auf dem Boden lag Schnee, und die Bäume waren noch mit Raureif überzogen, und man hatte das Gefühl, der Winter würde nie enden … Es hieß, dass im Augenblick seines Todes ein lautes Donnern zu hören und ein greller Blitz zu sehen war, und er hätte seine Faust erhoben … Es war sechs Uhr abends, und in der Nacht fing es wieder an zu schneien …

Am Tag seines Begräbnisses kam der Frühling. Der Himmel war blau, und ein warmes Lüftchen blies. Die Schulen waren geschlossen, und Vater sagte, er würde mit Ferdinand zu der Kirche beim Schwarzspanierhaus gehen, in dem er gestorben war, aber Mama sollte mit uns zum Friedhof in Währing gehen und dort auf den Leichenzug warten, weil im Hof des Hauses zu viele Leute wären und wir nichts sehen würden. Mama erwiderte jedoch, sie wollte mit uns auch zu dem Haus gehen, weil Franz einer der Fackelträger war und wir uns immer daran erinnern sollten … Also gingen wir am Nachmittag dorthin …

Ich habe noch nie so viele Menschen auf einem Fleck versammelt gesehen, mehr als zwanzigtausend, hieß es. Es drängte sich eine solche Menge in dem Hof, dass Soldaten die anderen fernhalten mussten, die lautstark Zutritt verlangten, und einige weinten sogar. Maria und ich fingen an, die Kutschen zu zählen, aber es waren zu viele, und sie verursachten ein großes Durcheinander. Wir suchten nach Vater und Ferdinand, konnten sie aber nicht finden. Dann wurde der Sarg auf den Hof getragen, und wir wurden von der Menge vorwärtsgeschoben, so dass ich beinahe hingefallen wäre und Maria von uns getrennt wurde, und Mama sagte, Vater hätte recht gehabt, wir hätten nicht kommen dürfen …

Dann fand Maria uns wieder, und Mama drückte uns fest an sich, als die Fackelträger kamen mit ihren schwarzen Zylindern und schwarzen Handschuhen und schwarzen Röcken mit weißen Rosen am Revers und an den Ärmeln kleine Sträußchen weißer Lilien, die mit Trauerflor gebunden waren, obwohl er nicht verheiratet war, und auch um die Fackeln war Trauerflor gewickelt. Ich zählte bis sechsunddreißig, doch dann kam plötzlich Franz mit seiner Fackel dicht bei uns vorbei, und ich winkte ihm, er aber sah uns nicht. Dann kamen vier Pferde, die den Leichenwagen zogen, und ich sah den Sarg, der mit einem schwarzen Tuch bedeckt und einem Kreuz und einer Bibel sowie mit Krone und Kranz geschmückt war, was alles sehr schön aussah. Die Leute drängten sich am Kirchentor, so dass viele gar nicht eintreten konnten, auch diejenigen nicht, die wichtig waren. Und wir waren umringt von Menschen, die uns hierhin und dorthin schoben, und wir klammerten uns an Mama, die versuchte, uns zu beruhigen, und einige wurden ohnmächtig und wurden ins Spital geschafft … Wir hörten, dass die Kirche voller Kerzen auf allen Altären und in allen Lüstern und Wandhaltern war, aber sehen konnten wir nichts …

Dann war die Messe zu Ende, und ich erhaschte einen kurzen Blick auf die Priester und die Posaunisten, die aus der Kirche kamen, gefolgt von den Fackelträgern mit dem Sarg, der nun wieder auf den Wagen gestellt wurde. Einige gingen weg, aber es waren immer noch viele, die den Zug umringten und ihm langsam durch das Glacis zur Spitalgasse und über die Alser, vorbei am Armenhaus und der Ziegelei, folgten, bis wir die Pfarrkirche von Währing erreichten. Der Wagen fuhr davon, und die Träger brachten den Sarg in die Kirche, wo auf allen Altären Kerzen brannten, und die Priester segneten ihn, und der Chor sang das *Miserere*. Dann wurde der Sarg wieder hinausgetragen, und aus den nahen Dörfern waren noch mehr Menschen gekommen und auch viele Schulkinder mit ihren Lehrern. Einige Kinder aus Vaters Schule waren dabei, und er ging zu ihnen und ermahnte sie, dass sie sich anständig betragen sollten. Dann folgten wir dem Zug am Bach entlang, und auf der anderen Seite befand sich ein leicht abfallender Hang mit frischem Gras, das in der Frühlingssonne grün glänzte, und als wir das Gelände des Friedhofs erreichten, hörten wir in der Ferne Kirchengeläut. Am Tor wurde der Sarg abgesetzt, und wir mussten sehr lange auf Heinrich Anschütz warten, einen berühmten Schauspieler des Hofburgtheaters, der auch ein Freund von Franz war, wie so viele andere. Als er dann kam, bildeten wir einen Kreis um ihn, und er verlas eine Rede von Grillparzer, und alle verstummten, nur die Glocken läuteten weiter. Die Worte waren sehr poetisch, aber die Ansprache dauerte sehr lange, und ich hörte nicht mehr zu, sondern lauschte den Glocken, denn in ihnen schien mehr Wahrheit zu liegen als in all den Worten …

Es waren viele anwesend, die berühmt waren, und viele waren Franzens Freunde … Ich erinnere mich nicht … Ich lächle, weil mitten in der Rede der Dichter Sauter plötzlich rief: »Bravo, Anschütz!«, was allen sehr peinlich war, und ich hörte Ignaz Ferdinand zuflüstern, dass er wahrscheinlich betrunken sei … Er war noch sehr jung, und Maria flüsterte mir zu, dass er sehr gut aussähe, aber mir gefiel sein jüngerer Bruder Ludwig besser, der ein Student der Rechte war und ihn am Ellbogen fasste, um ihn zurückzuhalten. Schober und Bauernfeld schauten Sauter sehr zornig an, und Schwind hielt sich die Hand vor den Mund, damit man sein Lächeln nicht sah … Ich suchte nach Franz, sah ihn aber nirgends …

Ich glaube, es gab nur ein Gedicht von Sauter, das Franz vertonte. Es geht um den Ruf der Wachtel, der uns sagt, wir sollten Gott lieben und fürchten, was sehr unwahrscheinlich ist, aber die Musik ist sehr schön. Beethoven komponierte ebenfalls ein Lied zu diesem Text, das allerdings nicht so schön ist, auch wenn einige, die über Musik Bescheid wissen, Ihnen vielleicht etwas anderes sagen …

Was wollte ich Ihnen erzählen …? Dann wurde der Sarg zum Grab getragen, wo die Priester die Grube segneten und im schwindenden Licht der Sarg in die Erde gelassen wurde. Und wer in der Nähe stand, warf Erde darauf, auch Franz tat es, und die Totengräber mussten warten, weil er vor der Grube stand und den Sarg anstarrte, als wäre er alleine dort … Als das Grab zugeschüttet war, wurden drei Kränze daraufgelegt, während das letzte Licht erlosch und die Glocken verstummten und wir uns auf dem Heimweg machten. Ich ging zu Franz und nahm seine Hand, und er schaute durch seine Augengläser auf mich herunter, als würde er noch immer das Grab sehen und mich nicht kennen … Ich fragte ihn, ob er mit uns nach Hause kommen wollte, er aber wollte mit seinen Freunden gehen, zu denen auch Sauter gehörte und dessen Bruder Ludwig, der sehr gutaussehend war … Und wie wir hörten, gingen sie alle in eine Schänke und tranken auf Beethoven, und Franz erhob sein Glas und sagte: »Auf den, der von uns dreien ihm zuerst in den Tod folgen wird.« Aber nicht alle wussten, was er damit meinte … Nein, Ludwig sah ich nicht wieder, denn er starb am nächsten Tag … Ich weiß nicht, warum … Sauter starb vor vielen Jahren, und wir hörten, dass er oft betrunken war …

Über Sauter weiß ich sonst nichts mehr, außer dass er zu viel trank, um ein Dichter zu sein … Einen Augenblick, ich erinnere mich, dass Franz von Hartmann geschrieben hatte, er wäre mit ihm in Beethovens Haus gegangen, um seine Leiche zu sehen, und sie hätten seinen alten Diener um eine Locke seiner Haare gebeten und ihm Geld gegeben. Er aber hätte ihnen bedeutet, still zu sein, und sie wären traurig die Treppe wieder hinuntergegangen. Dann hätte er zu ihnen hinuntergerufen, sie sollten warten, und das taten sie, bis drei junge Stutzer gegangen waren, die plappernd und mit ihren Stöckchen an die Hosen schlagend den Leichnam betrachteten. Danach hätte der alte Mann sie wieder zu sich gerufen und ihnen, mit dem Zeigefinger an den Lippen, die in Papier gewickelte Locke gegeben. Und Hartmann schrieb, der Verwesungsgeruch wäre sehr stark und der Leichnam blau gewesen … Und er erzählte dies seinem Bruder, der ebenfalls hinging und dem alten Mann Geld für eine Locke seiner Haare gab … Ja, ich kann mir vorstellen, dass auch viele andere hingingen, und der alte Mann erhielt sicher viel Geld und war sehr zufrieden … Das hat Ignaz uns erzählt, und er meinte, sogar aus dem Tod könnte man Profit schlagen, und Mama sagte, es wäre *schändlich …*

Die einzige Locke von Franzens Haaren war die eine, die ich für meine Schwester Maria abschnitt … Sie sagte, eigentlich sollte sie sich um Franz in Ferdinands Haus kümmern, weil sie die Ältere wäre, aber als sie dann gegangen war, bat ich Mama so inständig, dass Papa schließlich entschied, es wäre die Pflicht der Erstgeborenen, bei ihrer Mutter zu bleiben. Und Mama sagte Maria, sie könnte ja später mit mir tauschen, aber dazu kam es nicht, weil ich wusste, was zu tun war, und Franz nicht verstehen würde, warum ich ihn im Stich gelassen hatte … Also gab ich Maria eine Locke seiner Haare, damit sie nicht eifersüchtig war … Bevor sie starb, gab sie sie mir zurück, und ich behielt sie eine Weile, bis Mama mir sagte, ich würde sie zu oft berühren, und ich sollte sie Ferdinand geben … So geschah es auch, aber als er starb, bekam ich sie wieder, und ich habe Wilhelmine versprochen, sie würde sie erben, wenn ich sterbe … Ich habe gehört, dass man Franzens Leiche wieder ausgraben will … Ich weiß nicht, ob Theresia es erlauben wird … Mich wird man nicht fragen, denn ich bin ja nur seine Halbschwester. Als Mama davon erfuhr, sagte sie, das wäre böse, und die Toten sollten in Frieden gelassen werden. Nur damit andere eines Tages Locken seiner Haare haben können … Ich will nicht mehr von solchen Dingen sprechen, das Ausgraben von Leichen aus reiner Neugier, die man jetzt wissenschaftlich nennt … Auch mein Bruder Anton meint, das sei böse und gottlos …

Sie haben also gesehen, wo Beethoven begraben liegt, und Franz gleich daneben, und dürften also wissen, dass es ein gesegneter Ort ist, den man besuchen und wo man im Stillen beten kann. Manchmal gehe ich hin und stehe vor dem Grab oder knie, wenn das Gras trocken ist, und dann sehe ich sein Gesicht und spreche mit ihm … Und wenn der Frühling kommt, lege ich Blumen aufs Grab, denn er liebte sie so sehr... Und was ich dann sage, ist sehr töricht, als könnte ich mich über die Zeit und die vergangenen Jahre erheben, und alles wäre wieder gut, und er würde neben mir stehen und meine Hand fassen...

Und dann geschah es, eine Woche bevor Beethoven starb, dass Franz zu uns kam, und noch nie hatte ich solche Freude in ihm gesehen... Einen Augenblick, mein Herr, ich werde es Ihnen gleich erzählen... Irgendjemand hatte Beethoven einige seiner Lieder gebracht, und er las sie immer und immer wieder und war sehr erstaunt, dass Franz so viele geschrieben hatte. »Wahrlich, in dem Schubert wohnt ein göttlicher Funke.« Genau das waren seine Worte, mein Herr, und Franz sagte sie uns sehr still, und als ich ihn bat, sie noch einmal zu sagen, wollte er nicht und spielte stattdessen mit uns, sang einen Walzer und ließ unsere Puppen tanzen und für den kleinen Andreas einen Ball springen. Dann verließ er uns wieder. Nachdem Papa ihn umarmt hatte, gingen Mama und ich mit ihm auf die Straße, und er sagte, Beethoven würde nie erfahren, was er sonst noch geschrieben hatte, und auch nichts von der Musik, die noch in ihm sei. »Wahrlich, er hat sehr gut von mir gesprochen«, sagte er, »und er wünscht sich, er hätte mich schon früher gekannt...« Ich kann Ihnen aufrichtig sagen, mein Herr, dass es in seinem ganzen Leben nichts gegeben hatte, was ihn glücklicher gemacht hätte als dieses Lob Beethovens, aber dieses Glück war wie immer vermischt mit Kummer. Denn das Lob anderer bedeutete ihm wenig, und wenn er sich hinsetzte, um seine Klavierstücke zu spielen, sagte er manchmal: »Nun macht schon, schimpft nur drauflos …« Das sagte mir Ferdinand, als er selbst im Sterben lag …

Nach Beethovens Tod sagte er uns, er hätte das erste seiner *Winterreise*-Lieder geschrieben … Ach, Sie haben sie in England gehört und als *schwierig* empfunden, wie Schober …? Es freut mich zu hören, dass, im Gegensatz zu seiner Sinfonie, niemand darüber lachte … Er sagte, sie lägen ihm mehr am Herzen als alles andere, und er wünschte sich, Beethoven hätte sie gesehen, und er sagte, er hätte noch andere Gedichte von Müller gefunden und würde Lieder dazu schreiben, um sie der *Winterreise* beizufügen … Ja, genau diese korrigierte er, als er im Sterben lag, und ich half ihm zu seinem Tisch und sagte den Krankenschwestern, er sei beschäftigt, und sie sollten ihn nicht stören … Nein, mein Herr, Müller kannten wir nicht persönlich, denn er lebte in Deutschland, und Franz hatte ihn nie getroffen. Ich habe gehört, er wäre im selben Jahr wie Beethoven gestorben und hätte nie erfahren, dass Franz Lieder zu seinen Gedichten schrieb, sogar *Die schöne Müllerin,* die er komponierte, als er bei uns wohnte und ins Krankenhaus musste, und die er uns vorsang, so dass wir sie als Erste hörten, und es freute ihn sehr, dass sie uns gefielen. Und manchmal summten wir sie, wenn wir unsere Hausarbeiten machten, und er setzte sich dann ans Klavier und sang sie mit uns, damit wir sie besser lernten …

Ja, er ging Beethoven kurz vor dessen Tod besuchen … Und er sagte, Franz sollte zuerst hereingeführt werden, aber es waren auch andere da, deshalb lernte Beethoven ihn nicht richtig kennen und hörte nichts, was man ihm sagte, und alles musste niedergeschrieben werden. Aber Franz sah seine Lieder auf dem Bett verstreut liegen und war sich deshalb sicher, dass er sie wahrlich gelesen hatte …

Ich war immer bei ihm, als er im Sterben lag und wollte nicht schlafen, weil er oft nach mir verlangte, und war deshalb sehr müde … Am Abend vor seinem Tod bat er mich, Ferdinand zu holen, aber seine Stimme war schwach, als wäre er halb im Traum. Und als ich mit Ferdinand kam, schaute er zwischen uns hin und her und sagte Ferdinand, er solle sein Ohr dicht an seinen Mund halten … Ich nahm seine Hand und fragte ihn, ob er seine Augengläser wollte. Er hörte mich nicht, drückte aber meine Hand fester. Dann sagte er: »Ich beschwöre dich, mich in mein Zimmer zu schaffen, nicht da in diesem Winkel unter der Erde zu lassen; verdiene ich denn keinen Platz über der Erde?« Und Ferdinand wusste nicht, was er meinte, und schaute mich an, als würde ich es besser verstehen. Aber ich konnte nichts sagen und hielt nur weiter seine Hand, die inzwischen sehr weich und kalt war, als hätte der Tod sie bereits erreicht. Und Ferdinand beugte sich noch weiter zu ihm, und Tränen traten ihm in die Augen, und er sagte: »Lieber Franz, ich bin es, dein Bruder Ferdinand, und deine kleine Schwester Pepi, denen du immer geglaubt hast und die dich so sehr lieben.« Und Franz schaute ihn an, ohne ihn zu sehen, und Ferdinand sagte: »Du bist in dem Zimmer, in dem du immer warst, und liegst in deinem Bette.« Und Franz schüttelte langsam den Kopf und drehte das Gesicht zur Wand, und seine Stimme war sehr klar, als er sagte: »Nein, ist nicht wahr, hier liegt Beethoven nicht.« Dann schlief er ein, und Ferdinand sagte: »Es ist sein Wunsch, neben Beethoven in Währing zu liegen, aber das wird sehr viel kosten...« Und ich sagte, nichts wäre zu viel für Franz, und Vater würde helfen, und Mama hätte noch Geld versteckt...

Nach Franzens Tod schrieb Ferdinand Vater einen Brief und wollte einen Boten schicken, aber ich sagte ihm, dass ich ihn hinbringen würde... Er schrieb, er habe nur vierzig Gulden, was nicht ausreiche, und würde mehr brauchen, um einen Leichenwagen zu mieten, und später hörte ich ihn mit seiner Frau über die Unkosten sprechen, für den Kirchendiener und die Totengräber und die Sargträger und den Schneider und den Schuster und den Steinmetz und viele andere, und er schrieb, dass es sehr viel Geld wäre, was er sich nicht leisten könnte, obwohl es doch nur ein Begräbnis zweiter Klasse wäre… Aber er tröstete Vater, dass die Auslagen bald aus Franzens Hinterlassenschaft getilgt werden könnten. Doch auch Papa sagte, dass für Franz nichts zu viel war, und willigte ein, dass Ferdinand ausgeben sollte, was nötig war…

Natürlich, mein Herr, wir hatten nichts dagegen, dass Ferdinand seine Musik verkaufte, denn er hatte sehr viele Kinder. Der Notar sagte, wir alle sollten die Urheberrechtserklärung unterschreiben, und wir waren alle einverstanden, dass er das Geld bekommen sollte… Doch sollten Sie wissen, mein Herr, dass bei Ferdinands Tod noch sehr viel von der Musik übrig war und von seinen Gläubigern beschlagnahmt wurde, denen er mehr als tausend Gulden schuldete, wie hätte er da also England besuchen können…? Und die Musik wurde für achthundert Gulden angeboten, dann wurde das Gebot auf sechshundert ermäßigt, und verkauft wurde sie schließlich für nur dreihundert, aber die Käufer gaben sie sofort an Ferdinands Frau zurück. Und jetzt hat Theresias Sohn Eduard sie, und es ist immer noch sehr viel, und er verkauft auch noch immer. Manchmal gibt er mir ein wenig Geld, aber bevor Mama starb, sagte sie, ich sollte es nicht annehmen, weil Ferdinand viele Kinder hatte und Franz in seinem Haus aufnahm, als er starb… Und jetzt bin ich müde…

Ja, ja, ja, ich weiß sehr gut, was Ferdinand an Schumann nach Leipzig schrieb – dass Franz Beethoven kennengelernt und oft getroffen hätte und der mit großer Anerkennung von seiner Musik gesprochen hätte. Das war vor mehr als zwanzig Jahren … Natürlich sagte uns Ferdinand, dass er das geschrieben hatte. Aber was kann man Leuten in Leipzig oder sonst wo beibringen, wenn man sich nicht solche Freiheiten nimmt … und wenn wir doch sicher sind, was Beethoven gesagt hätte, wenn er alles von Franz gekannt hätte und nicht nur einige seiner Lieder und was er jetzt davon im Himmel hören kann? Genau das denke ich, mein Herr, und am Ende stimmte Mama mit mir überein. Kann denn Wahrheit nicht sein, wie sie gewesen wäre, wenn der Zufall sie nicht verdeckt hätte?

Ich weiß nicht, ob Eduard Sie zu empfangen und Ihnen die Musik zu zeigen wünscht … Ich weiß es nicht … Ich wollte Ihnen heute nur sagen, dass er neben Beethoven liegt, wie Sie ja bereits gesehen haben … Vielleicht gehen Sie noch einmal hin …? Dann nehmen Sie bitte, mein Herr, Blumen für mich mit, denn in diesem Frühling war ich nicht auf der Höhe und konnte nicht zu seinem Grab gehen … Und Sie müssen allen sagen, dass niemand seine Leiche ausgraben darf, denn das ist sehr unnötig … Ach, es waren so viele Menschen und Kutschen an dem Tag, als Beethoven bestattet wurde, und einige wurden ohnmächtig, und ich sah Franz die Fackel mit dem Trauerflor hocherhoben tragen, und die Glocken läuteten, bis die Rede zu Ende war … Der Frühling kam an dem Tag von Beethovens Beerdigung … Franz bekam nur ein Begräbnis zweiter Klasse, wie ich Ihnen bereits gesagt habe, aber Ferdinand sagte, es würde sehr viel kosten, und ich sah Vater und Mama mit ihm am Tisch sitzen und all die Ausgaben niederschreiben, was sehr ordentlich getan wurde, und nicht einmal im Tod hatte Franz genug Geld … Und Mama fand noch etwas Geld, aber Vater sagte, es wäre sehr wenig, und sie sollte es behalten, und dann sagte sie mir, ich sollte es zurückbringen und zwischen ihre Strümpfe legen …

Ich bin jetzt so gut wie am Ende … Ein andermal … Ein andermal …

X

Es war Anfang September, als er in Ferdinands Haus auf der Neuen Wieden zog. Er litt an Schwindelanfällen und blutete manchmal, und der Doktor meinte, die Luft wäre dort besser. Aber die Straße war neu und ohne Kanalisation, und das Haus war feucht und noch nicht geeignet …

Der Herbst war schön, und er wollte nach Graz fahren, um wieder bei den Pachlers zu wohnen, wo er so glücklich gewesen war. Aber das Wetter wurde schlecht, und er hatte kein Geld, weil Haslinger ihm nur sechs Gulden für die zweiten *Winterreise*-Lieder anbot, und Sie werden mir vielleicht zustimmen, dass das nicht genug ist. Er schrieb dann auch an Probst und bot ihm andere neue Musik an … Er hatte Sonaten für Klavier und ein Streichquintett, das erst vor wenigen Jahren veröffentlicht wurde … Ich habe es einmal gehört und sehr schön gefunden … Vielleicht wird es ja eines Tages in England gespielt, und man wird es dort ebenfalls mögen … Sie müssen es Herrn Grove sagen … Und Franz zeigte mir Probsts Antwort, in der er sagte, dass sie nur neue Lieder wollten und die Öffentlichkeit die Eigentümlichkeiten seiner

Geisteserzeugnisse nicht verstehe ... Ja, das stimmt, mein Herr, sonst hätte ich es Ihnen nicht gesagt ... Und Franz schüttelte den Kopf, und ich konnte ihn einfach nicht trösten ... Es gab auch noch einen anderen Brief von Schott aus Paris, in dem stand, dass seine Klavierstücke zu schwierig wären und außerdem in der falschen Tonart ... Ja, mein Herr, Sie haben mir bereits gesagt, dass das englische Orchester über seine Sinfonie gelacht hat, weil sie zu lang war und es sie nicht spielen konnte ... Solche Ignoranz kommt sehr häufig vor, auch in Wien, Sie brauchen sich deshalb nicht zu entschuldigen ...

Anfang Oktober unternahm er mit Freunden eine Wanderung, um Haydns Grab und andere Orte zu besuchen. Der Doktor riet Ferdinand, ihn zu begleiten, und er tat es, obwohl er sehr beschäftigt war mit Unterrichten und anderen Angelegenheiten ... Ferdinand schrieb, er hätte sehr lange am Grab gestanden, ansonsten aber wäre er sehr fröhlich und hätte viele lustige Einfälle und würde nur mäßig essen und trinken. Aber einige Tage später ging er in das Gasthaus Zum roten Kreuz und bestellte Fisch, doch als er ihn probiert hatte, warf er Messer und Gabel auf den Tisch meinte, er schmecke widerlich ... Was für ein Fisch das war? Das kann ich Ihnen nicht sagen ...

Am nächsten Tag kam Franz uns besuchen. Es regnete, und wir konnten sehen, dass er wieder krank war und eine große Erschöpfung in sich hatte. Ich ging für Mama Wäschewaschen, und als ich zurückkam, hatte der Regen nachgelassen, und er war aufgebrochen, ohne sich von mir zu verabschieden. Also lief ich ihm nach und ging mit ihm eine kleine Strecke, bis er mir sagte, ich sollte nach Hause gehen, weil es wieder zu regnen begonnen hatte und die Luft kühl war und er sah, dass ich zitterte. Dann umarmte er mich, und ich küsste ihn auf die Wange und drückte mich an ihn, und er verabschiedete sich, als würde ich ihn nie mehr wiedersehen, und er hatte Regentropfen auf seinen Augengläsern, als würden sie weinen. Daran erinnere ich mich noch gut, an den Regen auf seinen Gläsern wie Tränen, und die Stoppeln auf seinen Wangen waren kalt wie Frost …

Dann lief ich nach Hause und sagte Mama, ich müsste zu Ferdinand gehen, um mich um Franz zu kümmern. Und Maria sagte, dass sie Franz ebenso liebte und sie die Ältere wäre und dass deshalb sie hingehen sollte. Und wir begannen zu streiten, so dass Mama uns schimpfte und Papa kam und sehr streng sagte, in Ferdinands Haus wäre kein Platz, und Franz würde es bald wieder gut gehen, und auch Mama bräuchte Hilfe und das wäre unsere Pflicht … Dann hielt sich Mama die Schürze vor den Mund und eilte aus dem Zimmer, und ich lief zu ihr, aber ihr Gesicht war abgewandt, und sie schickte mich zum Bäcker, um Brot zu kaufen … Dann kam Maria und sagte, es täte ihr sehr leid, und Mama bückte sich, um sie zu umarmen, so dass wir ihr Gesicht nicht sehen konnten …

An diesem Abend bat ich Mama und Papa wieder und sagte, ich würde nur für einen Tag gehen, und Maria könnte dann später gehen. Sie schauten einander an und antworteten nicht. Also zog ich am nächsten Morgen, als Vater bereits im Klassenzimmer war und Mama es mir nicht verweigern konnte, Umhang, Haube und Stiefel an … Und als ich dort ankam, war ich Ferdinands Frau eine große Hilfe, beim Waschen, bei den Kindern und beim Kochen, und sie war mir sehr dankbar und sagte, ich wäre wie ihr eigenes Kind, und ich schlief im Bett ihrer Tochter Therese, die damals zwölf Jahre alt war …

Dann schickte Ferdinand eine Nachricht an Vater mit der Bitte, dass ich länger bleiben sollte, und vier Tage später noch einmal. Und so blieb ich dort, bis Franz starb, und falls Mama nach mir geschickt hätte, hätte er es nicht zugelassen. Oft sagte er mir … Nein, mein Herr, Franz hat Papa oder Mama oder meine Schwester Maria nie wiedergesehen … Mama sagte mir später, dass Maria sehr eingeschnappt gewesen wäre, weil ich allein war mit Franz, und Vater sagte ihr, es genüge, wenn sie in ihren Gebeten an ihn denke … Nach Franzens Tod gab ich Maria eine Locke seiner Haare, und wir schliefen im selben Bett und sprachen von Franz und weinten oft gemeinsam, so dass sie mir bald vergeben hatte … Dann starb auch sie, und nun weinte ich um *sie* …

Er legte sich ins Bett am Tag, bevor er Schober schrieb, wie ich Ihnen ja bereits erzählt habe. Manchmal half ich ihm, aufzustehen und auf seinem Stuhl zu sitzen, doch er konnte sich nur sehr langsam bewegen und war zu schwer für mich. Der Doktor kam jeden Tag und sagte, er sollte mehr als Medizin zu sich nehmen, doch wenn ich ihm Essen brachte, übergab er sich sofort, und ich hielt ihm die Schüssel hin, und manchmal ging etwas auf sein Hemd, und ich musste es säubern, und er schämte sich sehr, dass ich ihn so sah und er mir eine solche Last auferlegte … Und als ich ihm zu seinem Stuhl half und ihm seine Lieder zum Korrigieren brachte, fragte er, ob Ferdinand die Bücher von Fenimore Cooper schon geholt hätte, so dass wir stattdessen über die Indianer lesen könnten …

Ich war oft allein mit ihm, und er sprach mit mir über Verleger und Bauernfelds Oper und viele Dinge. Und er versuchte, mich aufzumuntern, indem er von seinen Besuchen bei uns erzählte und von dem Tag, als wir mit Schwind in den Prater gingen, und er sagte, wenn der Frühling käme, würden wir wieder dorthin gehen, um das Feuerwerk anzuschauen, und Schwind würde bald aus München zurückkehren, und es würde wieder so sein wie beim letzten Mal, die Wiesen voller Blumen und an den Bäumen frische Blätter, und ich sollte seinem Jammern keine Beachtung schenken, denn der Winter würde vergehen … Und er sagte, eines Tages werde er Mama zurückzahlen, was er sich geborgt hatte aus dem Versteck zwischen den Strümpfen, und wenn wir in den Prater gingen, würde er wieder Eiskreme für uns kaufen und Reifen und Puppen, alles, was wir wollten … Und ich sagte, ich wäre jetzt schon zu alt für Kinderspielzeug, und er sagte mir, er würde uns schöne Kleider kaufen für die nächste Schubertiade, zu der wir eingeladen würden …

Und so ging es fünf Tage lang, in denen er immer schwächer wurde, bis er das Bett nicht mehr verlassen konnte. Dann kam der Pfleger, so dass wir ihn hochheben konnten und ich und die Krankenschwester nicht mehr von körperlichen Dingen belastet wären … Aber er verlangte immer nach mir, und ich war es, die die Salbe auftrug und ihm seine Medizin gab, wenn die Schwester und der Pfleger sie zubereitet hatten …

Herr von Bauernfeld kam ihn in der Woche vor seinem Tod besuchen, und Franz versicherte ihm, er habe keine Schmerzen … Sie sprachen über seine Oper *Der Graf von Gleichen,* und Franz sagte ihm, er würde sie abschließen, sobald es ihm wieder besser ginge, befürchtete aber, sie würde verboten werden, weil der Graf zwei Frauen heiratete. Dann schimpfte Bauernfeld über Metternich und die Zensoren, sah aber, dass Franz sehr besorgt war, und versuchte, ihn aufzuheitern, indem er ihm erzählte, wie Franz und Schwind zum Landungssteg gelaufen wären, um ihn abzuholen, und Franz gefragt hätte, wo denn seine Oper wäre, und er sie ihm gegeben hätte und sie dann den Abend im Kaffeehaus verbracht hätten und Bauernfeld nicht richtig sehen konnte, weil er schneeblind war, obwohl es mitten im Sommer war …

Dann wurde Bauernfeld wieder ernst und sagte, dass seine erst kürzlich aufgeführte Komödie ein völliger Reinfall gewesen wäre und er sich sehr dafür geschämt hätte … Aber Franz sagte ihm, er würde sie sehr bewundern, und Bauernfeld hätte noch ein langes Leben vor sich und würde viele Dinge schreiben, die von allen sehr gelobt werden würden, und so geschah es dann ja auch … Dann sprachen sie lange von anderen Dingen, vor allem über Schwinds Verlobung mit Netti Hönig, die so fromm war, dass er gesagt hatte, sie sollte lieber den Papst selber heiraten, und Franz sagte, es würde nichts daraus werden … Und als Bauernfeld ging, legte er den Arm um mich und sagte: »Fräulein Josefa, Sie müssen sich für mich um Franz kümmern und ihm seine Medizin geben, damit er meine Oper zu Ende bringen kann …« Und Franz schaute ihm nach, spähte durch seine Augengläser, als wollte er ihn zurückrufen, um ihm etwas zu sagen, das er vergessen hatte … Als der Klang seiner Schritte nicht mehr zu hören war, sagte er zu mir, er sei von Gott gesegnet, weil er solche Freunde und eine solche Familie hatte, und die Liebe, die er erfahren hätte, wäre mehr, als irgendein Mann verdient hätte … Dann kam Ferdinand, und Franz sagte ihm, er wäre der Opern überdrüssig, da sie ihm nicht entsprächen, aber Bauernfeld wäre ihm ein treuer Freund, und sie hätten viele glückliche Stunden miteinander verbracht, so dass er ihn nicht enttäuschen könnte, denn es gäbe nichts Höheres als die Freundschaft … Und Ferdinand legte ihm die Hand auf die Schulter und widersprach ihm nicht … Dann bat Franz ihn, eine Nachricht an Sechter zu schicken, dass er bald zu ihm kommen sollte für eine weitere Unterweisung in der Kontrapunktik, derer es seinen Kompositionen noch mangelte … Was mich sehr überraschte, denn von Sechter wusste ich nur, dass er in Marionettentheatern Cembalo spielte …

Dann kam Herr von Spaun, und in meiner Anwesenheit redeten sie über die Musik für das *Ständchen* und Spauns neue Frau und viele andere Dinge, und ich unterbrach sie sehr höflich und sagte, ich erinnerte mich noch gut an den Abend, als wir in seinem Haus eingeladen waren und er so freundlich war, uns in seiner Kutsche nach Hause bringen zu lassen, und ich bat ihn, seiner Mutter die allerbesten Grüße auszurichten. Er erwiderte, es wäre ihr eine große Ehre gewesen, uns zu empfangen, und ich glaubte ihm. Und dann sagte er zu mir, als wäre ich noch ein kleines Kind, dass es bald Schnee geben würde und ich mit meinen Freundinnen einen Schneemann bauen könnte, und dann erinnerte Franz ihn an den Abend, als Schober und Schwind ihn mit Schneebällen beworfen hatten und er sich höchst elegant mit seinem Regenschirm verteidigte… Dann redeten sie wieder über das *Ständchen*, und ich ging deshalb, um frische Handtücher zu holen, und als Spaun aufbrach, begegneten wir uns auf der Treppe, und er sagte die Worte, von denen ich Ihnen bereits berichtet habe, die er jetzt aber vergessen hat…

Am Tag vor seinem Tod kam Bauernfeld noch einmal. Franz war inzwischen sehr schwach, sagte aber, er wollte ein neues Libretto, obwohl er *Der Graf von Gleichen* noch nicht abgeschlossen hatte, und er wollte nicht, dass Bauernfeld ging, als wäre die Vergangenheit und all das Glück verloren, wenn sie nicht weiterhin davon sprächen. Und ich kam und ging und wünschte mir, er würde bald aufbrechen, denn Franz war sehr müde, und dann könnten wir beide allein sein, und ich könnte ihm beim Einschlafen helfen…

Doch kaum war er gegangen, brachte Ferdinand Herrn Lachner zu ihm, und Franz sagte, dass er sich in seinem Bett wie ein totes Gewicht vorkam, und ich hoffte, auch er würde bald wieder gehen. Aber Franz wollte, dass er blieb, denn Lachner sagte ihm, jeder spräche noch immer über das Konzert, das im März veranstaltet worden war, und dass es bald ein anderes geben müsste. Die Fröhlich-Schwestern und andere bestünden darauf, und beim nächsten Mal wäre Paganini nicht in Wien, und es würde deshalb angemessen beachtet werden. Deshalb begann Franz mit ihm über das Programm zu sprechen, aber er war sehr schwach, und ich warf Herrn Lachner einen Blick zu, damit dieser ihn in Frieden lasse… Dann schaute Lachner sich im Zimmer um und fragte, wo seine Kaffeemühle wäre, er wollte die Bohnen für ihn mahlen, denn jeder wüsste, dass er ohne Kaffee überhaupt nichts komponieren konnte, worauf Franz lächelte und übertrieben die Stirn runzelte, wie um damit anzudeuten, dass das ein Geheimnis zwischen ihnen beiden bleiben müsste…

Und als Lachner sich dann zum Abschied erhob, fragte Franz ihn schwach: »Wie geht es denn dem großen Siebert?« Lachner lachte laut und wollte antworten, aber Franz schloss die Augen und drehte das Gesicht zur Wand und schien zu schlafen. Dann ging Lachner zur Tür, und ich begleitete ihn und fragte, wer denn Siebert wäre, und er flüsterte, er wäre einmal mit Franz und ihm in den Wienerwald gegangen… Er war ein Sänger, der zu eingenommen von sich selber war, und sie führten ihn durch den Wald auf eine Hügelkuppe und baten ihn, mit seiner wunderbar silbrigen Stimme ein paar Arien zu singen, wozu er sehr gern bereit war. Dann sagten sie, sie würden es gerne aus einiger Entfernung tiefer im Wald hören, weil das eine verzauberte Stimmung erzeugen würde, und so sang er sehr lange, während sie durch den Wald davonliefen, bis sie so weit weg waren, dass sie ihn nicht mehr hören konnten ... Das war seine Geschichte ... Nein mein Herr, ich weiß nicht, ob sie stimmt ...

Als er geendet hatte, schaute ich an ihm vorbei zu Franz und sah, dass er aufgewacht war, und Lachner drehte sich um, und Franz kicherte und sagte: »Was wird Pepi denn von uns denken?« Und ich ging zu ihm und stand bei ihm, als Lachner zurückkam, ihm die Hand auf die Schulter legte und sagte, dass er am nächsten Tag nach Darmstadt reisen müsse, ihn aber gleich nach seiner Rückkehr besuchen werde, und eines Tages würden sie die *Fantasie für vier Hände* miteinander spielen, und er würde sehr gern alle seine neuen Klaviersonaten spielen und mit seinen Streichern sein neues Quintett im Café Rebhuhn ... Und er versprach, Franzens neue Lieder zu den Verlegern zu bringen und ein weiteres Konzert mit seiner Musik zu veranstalten ... Und er sagte, es wäre viel zu tun, wenn erst der Frühling wieder da wäre und es Franz besser ginge, und sie würden wieder in den Wienerwald gehen und mich an Sieberts statt mitnehmen. Und Lachner versicherte mir, dass sie mich nicht bitten würden, auf einem Hügel zu singen, außer ich wollte ausdrücklich. Und Franz sagte: »Pepi hat eine sehr hübsche Stimme.«

Nein, mein Herr, ich werde nicht für Sie singen, auch morgen nicht. Meine Stimme ist schwach, obwohl ich sehr sauber singe, wie Franz es mir beigebracht hat …

Die Ärzte und Pfleger kamen und gingen, und ich war immer bei ihm, schlief manchmal auf dem Stuhl an seinem Schreibtisch oder auf dem Boden, damit ich bei ihm wäre, wenn er nach mir riefe. Ferdinands Frau sagte, Therese könnte stattdessen bei ihm bleiben, damit ich ein wenig Ruhe bekäme, aber ich fürchtete, er würde aufwachen und denken, ich hätte ihn im Stich gelassen … Ich schlief und wachte, und manchmal war er im Delirium und wusste nicht, dass ich da war, redete aber mit mir, als wäre ich viele andere Menschen, und sang auch oft. Und manchmal bat er mich, ihm die *Winterreise*-Lieder zu bringen, damit er sie weiter korrigieren könnte. Und seine Augen glänzten, so dass ich dachte, er wäre wieder gesund … Doch dann sank er aufs Kissen zurück, und die Lieder lagen unter seiner Hand, und er wurde unruhig, redete hiervon und davon, so dass ich ihn nicht verstand, und manchmal sang er, und seine Finger tanzten und lagen dann wieder still, denn die ganze Musik, die noch in ihm war … Nein, alles andere war noch in Schobers Haus, weil er dachte, er würde bald dorthin zurückkehren …

An diesem Tag vor seinem Tod dachte er noch immer manchmal, er wäre in einem fremden Zimmer, und versuchte aufzustehen, so dass die Pfleger ihn festhalten mussten. Und ich tat es auch, aber er wusste nicht immer, wer ich war, nannte mich seine Mutter und manchmal die Gräfin Esterházy ... Und gegen Ende des Vormittags wachte er auf und bat mich, Ferdinand zu holen, und als er kam, fragte er ihn: »Sie, was geschieht denn mit mir?« Denn er erkannte Ferdinand nicht und dachte, er wäre ein Arzt. Und Ferdinand war sehr verwirrt und sagte: »Lieber Franz. Hier ist dein Bruder Ferdinand und deine Schwester Pepi, und wir wollen dich alle von ganzem Herzen wieder gesund machen. Der Arzt hat gesagt, dass es dir bald besser gehen wird, aber du musst brav sein und auf das hören, was Pepi dir sagt, und im Bett bleiben.« Er sagte Franz, wenn er irgendetwas bräuchte, würde ich es für ihn holen ... Und später kam der Doktor und sagte dasselbe, und Franz schaute ihn fest an und griff mit schwacher Hand an die Wand und sagte sehr langsam: »Hier, hier ist mein Ende!«

Und als der Doktor mit Ferdinand das Zimmer verlassen hatte, nahm ich seine Hand, die an der Wand ruhte, und die Innenfläche war nass von der Feuchtigkeit, ich trocknete sie deshalb und legte sie neben die andere, und sie war kalt wie Eis, und die Finger bewegten sich nicht, lagen einfach nur auf der Zudecke, als hätte er eben aufgehört zu spielen ... Und die ganze Zeit sprach ich mit ihm, sagte ihm, dass ich seine Schwester Pepi sei, und ich versuchte, ihn zu beruhigen, als er das letzte Mal versuchte, aus dem Bett zu kommen, weil er meinte, er wäre im falschen Zimmer und seine Musik wäre nicht hier … Einmal sagte er, er müsse unverzüglich Beethoven sein Quintett bringen, deshalb setzte ich ihm seine Augengläser auf und gab ihm die *Winterreise*-Lieder, aber er sah sie nicht, und es schien mir, als würde er durch sie hindurch auf etwas anderes starren …

Manchmal schaute er mich an und sagte: »Pepi, Pepi, Pepi«, als wollte er mir eine Frage stellen oder sich an mich erinnern. Denn er nannte viele andere Namen und fragte nach seiner Mutter, obwohl sie schon seit langem tot war … Und er war sehr verwirrt, hatte den Kopf voller Musik, die nie beendet werden konnte, und manchmal sang er oder rief hinter seinen Freunden her, als würden sie in der Ferne verschwinden … Und ich wollte die Schwester und den Pfleger nicht in seine Nähe lassen, weil sie Fremde für ihn waren und er glauben würde, alle anderen hätten ihn verlassen, seine Freunde und seine Familie, und er würde aufstehen wollen, um sie zu suchen. Und ich sprach sehr viel zu ihm, sagte ihm immer wieder, dass er in Ferdinands Haus war und ich seine Pepi … Und einmal sprach er mit Papa und bat ihn um Verzeihung dafür, dass er kein Schulmeister geblieben war … Und einmal sagte er, ich müsse sofort zu Kathi Fröhlich gehen und ihr sagen, dass er sie alle am nächsten Tag besuchen und spielen würde, was immer sie wünschten, und dass sie nicht zornig auf ihn sein sollten … Und oft fragte er auch nach Schwind, und jedes Mal antwortete ich ihm, dass er in München war, aber einmal log ich und sagte, er würde bald kommen, und für einen Augenblick erhellte ein Lächeln sein Gesicht, so wie einem überraschend Erinnerungen kommen, die bald wieder ausgelöscht sein werden …

Und manchmal erinnerte er sich an Orte, wo er glücklich gewesen war, an Wälder und Berge und Bäche und Wiesen, und sagte, jetzt, da wieder Frühling wäre, müsste er in den Wienerwald gehen, um die Vögel zu hören und die Blumen zu sehen, die er auch benannte, eine nach der anderen … Und er wachte und schlief, ich aber schlief in dieser ganzen Nacht nicht, und auch am nächsten Tag nicht, bis er am frühen Nachmittag starb, und sein Gesicht war sanft und unverändert und am Ende hatte er keine Schmerzen …

An diesem Vormittag erhielt Ferdinand einen Brief von Vater, in dem er schrieb, dass nichts übrig bliebe, als bei Gott Trost zu suchen und jedes Leiden, das uns nach seiner weisen Fügung treffe, mit standhafter Ergebung in seinen heiligen Willen zu ertragen. Und dass der Ausgang uns von der Weisheit und Güte Gottes überzeugen und beruhigen würde. Und Ferdinand las die Worte mit Vaters Stimme, in der er so oft zu uns gesprochen hatte, dass ich sie schon gar nicht mehr hörte …

Und Vater beauftragte Ferdinand, dafür Sorge zu tragen, dass Franz mit den heiligen Sakramenten der Sterbenden versehen würde. Aber das konnte er nicht mehr tun, denn als der Priester kam, war Franz nicht mehr recht bei Bewusstsein, und er erhielt nur die letzte Ölung, was völlig ausreichend war, wie Vater uns versicherte … Nein, mein Herr, ich kannte den Priester nicht, und Ignaz sagte, falls Franz ihn nicht gesehen hätte, wäre das eine zusätzliche Gnade … Wofür Mama ihn tadelte und sagte, er dürfe das auf keinen Fall vor Vater wiederholen …

Und bis zum Ende blieb ich bei ihm, falls er aufwachte und nach mir fragte, und er wirkte friedlich, als wären alle Geheimnisse dieser Welt ihm endlich enthüllt und es gäbe in ihnen keinen Widerspruch und keine Unvollkommenheit. Und deshalb wollte ich ihn nicht wecken, damit er meine Tränen nicht sähe, denn immer wenn er zu uns kam und mit uns spielte, war ihm nur daran gelegen, uns glücklich zu sehen …

Mein Herr, ich habe Ihnen jetzt genug erzählt, was Sie wissen sollten … Dann müssen Sie also übermorgen nach England zurückkehren? Es tut mir leid, dass Sie nicht länger bleiben können … Bald kommt der Mai, dann ist das Laub üppig auf den Bäumen, und der Prater und der Wienerwald sind sehr schön, und dann werde ich wieder nach Währing gehen, um Blumen auf sein

Grab zu legen und auch auf das Grab Beethovens… Vielleicht Sie auch, falls Sie die Zeit haben…

Falls Sie Ihren Freunden in England erzählen, dass Sie Schuberts Schwester kennengelernt haben, sagen Sie ihnen bitte, dass sie, wenn sie ihn besser kennenlernen wollen, nur seine Musik zu hören brauchen, mehr ist nicht nötig. Das hat Mama mir gesagt, als sie starb… Sie wollen in Wien noch so viel sehen? Dann müssen Sie bald hierher zurückkommen… Sie müssen nach Paris…? Falls Ihnen das interessanter erscheint… Natürlich können Sie mich noch einmal besuchen, aber ich habe Ihnen alles erzählt, was ich über Franz weiß, und warum sollten Sie mich sonst besuchen wollen, die ich doch nur Hausfrau und Mutter und Handarbeitslehrerin bin… Vielen Dank, mein Herr, aber ich glaube nicht, dass ich je nach England kommen werde, denn woher sollte ich…? Vielleicht meine Kinder, vielleicht… Und jetzt sind wir am Ende…

Sehen Sie, es hat aufgehört zu regnen, und Sie brauchen ihren Schirm nicht, der in England sehr wichtig ist, wie ich gehört habe… Vielen Dank, mein Herr… Heute habe ich zu viel gesprochen, und Sie haben sehr geduldig zugehört… Vielen Dank…

XI

... Nach dem Begräbnis kehrte ich in Ferdinands Haus zurück und ging direkt in Franzens Zimmer, wo ich alleine blieb. Mein Herz war voller Sehnsucht und plapperte kummervoll vor sich hin, war ich doch immer noch nur ein Kind. Und jetzt bin ich eine Frau, und es plappert immer noch, wie Sie gehört haben ... Ich weiß nicht, warum ich dorthin zurückkehrte, denn zu Hause wartete viel Arbeit auf mich, und Mama brauchte mich. Es war, als würde Franz auf mich warten und hätte mir noch etwas zu sagen, damit ich ihn weniger betrauerte ... Oder dass ich in dieser Stille Trost im Gebet finden würde, wie Vater es uns gelehrt hatte, und dann würde ich vielleicht verstehen ...

Ich wusste nicht, was ich tun sollte, so legte ich seine Kleider ordentlich auf dem Bett zusammen und fertigte eine Liste an, um sie Ferdinand zu geben, falls er sie brauchte. Und einige Stücke waren in schlechtem Zustand, so dass ich mich schämte wegen der Nachlässigkeit der Welt ... Ich konnte nicht ordentlich schreiben, denn meine Tränen versiegten nicht, und die Tinte war beinahe aufgebraucht ... Und ich wusste noch immer nicht, was ich tun sollte, deshalb zählte ich die Stücke noch einmal, und dann noch einmal und versuchte, die Liste ordentlicher zu schreiben, aber meine Hand zitterte, und ich verspritzte den letzten Rest Tinte über das Blatt und hoffte nur, Ferdinand würde mich nicht schimpfen. Und meine Gebete vermischten sich mit den Namen der Kleidungsstücke und waren nur das Gestammel eines Kindes, als würde ich an ihnen ersticken, und es lagen kein Trost und keine Bedeutung in ihnen, bis ich schließlich nur noch seinen Namen aussprechen konnte, und daraus wurde Schluchzen … Dann sah ich auf dem Boden seine Augengläser liegen und legte sie mit seiner Uhr neben seine Strümpfe, von denen dreizehn Paar vorhanden waren. Viele hatten Löcher, und einige waren schmutzig, und ich dachte, ich sollte sie waschen, als würde er sie bald wieder brauchen …

Und ich erinnerte mich an den Tag, als Mama uns erzählte, sie hätte Franz besucht, und Schwind wäre da gewesen, der ihn zu einem Ausflug mitnehmen wollte, und Franz hätte nach einem Paar Strümpfe gesucht, doch alle waren kaputt, und Franz sagte, anscheinend würden sie ohne Löcher gar nicht mehr gestrickt. Und Mama nahm einige mit, um sie zu flicken, wobei wir ihr halfen … Ich zählte auch seine Hosen, es waren zehn, sowie drei Gehröcke und drei Fräcke und ein Hut und vier Hemden und Schuhe und mehrere Westen, ich weiß nicht mehr, wie viele, aber ein paar waren in einem besseren

Zustand ... Und manchmal vergrub ich mein Gesicht in den Kleidern, um seine Anwesenheit einzuatmen, als würde das meine Tränen zum Versiegen bringen. Außerdem schrieb ich ein Laken und eine Matratze und zwei Decken und eine Tagesdecke auf, damit nur ja nichts vergessen würde ... Später kam Ferdinand, und ich lief zu ihm, und er umarmte mich und drückte mich lange, um mein Schluchzen zu lindern. Und ich saß neben ihm, während er berechnete, dass der Wert von allem dreiundsechzig Gulden betrug, denn das musste er dem Kaiserlichen Magistrat melden ... Als seine Frau die Sachen zum Verkauf brachte, erhielt sie nur sieben Gulden, was sehr wenig war, mir aber sagte sie, ich müsse froh sein, dass Franzens Kleider jetzt von den Armen getragen wurden ...

Nein, mein Herr, seine ganze Musik war noch bei Schober ... In einer Ecke lagen einige alte Musikhefte mit nichts als Gekritzel darin, und ich bat deshalb Ferdinand, sie behalten zu dürfen, er aber schüttelte streng den Kopf und sagte, er müsste auch diese aufschreiben, um sie der Kaiserlichen Zensurbehörde zu melden, denn er hatte große Achtung vor den Gesetzen der Regierung ...

Nein, mein Herr, Geld fand ich keins ... Als er das erste Mal zu Ferdinand zog, hatte er einhundertzwanzig Gulden, die er Ferdinand gab, bis nichts mehr übrig war, denn er hatte viele Ausgaben ... Nach seinem Tod schickte Vater dreimal ein paar Münzen, doch insgesamt waren es nur einhundert Gulden, und die Kosten für seine Krankheit und das Begräbnis betrugen mehr als dreihundert Gulden, und als alle anderen Schulden bezahlt waren, belief sich die Summe auf mehr als sechshundert Gulden, darunter hundert für den Priester der Währinger Pfarrkirche und mehr als zweihundert für die ausstehende Miete bei Schober … Nein, mein Herr, Schober sah nicht darüber hinweg … Ich erzähle Ihnen das, damit Sie wissen, dass es sehr viel war, was Ferdinand bezahlen musste, und es sehr lange dauerte, bis er von den Verlegern Geld erhielt … Nein, mein Herr, er wurde nicht reich davon, und als er starb, hatte er viele Schulden, denn er hatte zwölf Kinder …

Wie kann man etwas vergessen, mein Herr, wenn man sich jeden Tag, jede Stunde daran erinnert …?

Zwei Tage lang lag er auf seinem Bett, bevor sein Leichnam weggebracht wurde. Manchmal ging ich in sein Zimmer, damit es ordentlich war, wenn sein Sarg gebracht wurde. Im Tageslicht wirkte sein Gesicht ruhig, wie zufrieden darüber, dass die letzten Schatten endlich geflohen waren … Und ich hörte mich selber mit ihm sprechen, als wäre seine Seele noch da und er könnte mich hören … Was ich sagte, war voller Unsinn, als wäre ich wieder ein kleines Mädchen, und er wäre gekommen, und ich hätte ihn gebeten, mit uns zu spielen. Ich sagte ihm, es würde schneien, und Eiszapfen würden von den Dächern hängen, und fragte ihn, ob ich für Maria eine Locke seiner Haare abschneiden dürfe, und sagte, ich würde auf seine Augengläser aufpassen, die er im Himmel sicher nicht brauchen würde … Und einiges hörte ich nur in meinem Kopf, und bis zum heutigen Tag sprechen wir oft miteinander, und unsere Worte sind klar in der Stille der Erinnerung …

Als der Abend kam, summte ich einige Zeilen seiner Lieder, und im flackernden Licht der Kerze war es, als würde er lächeln … und in dieser schrecklichen Stille hörte ich meinen eigenen Atem und das Wischen des Schrubbers auf dem Boden, und die kühle, feuchte, flackernde Luft war plötzlich erfüllt von seiner Musik und dahinter das Echo vieler Stimmen, Mayrhofer und Schwind und Schober und Spaun und Vogl und Sophie Müller und Ignaz und Vater und Mama und viele andere, und Franz selbst, heiser vor Krankheit … Aber dies kann ich Ihnen nicht erklären, denn alles, was ich hörte, war das Geräusch des Schrubbers und von der Straße das Klappern von Schritten und einmal das Geräusch einer Kutsche, und die Musik wurde still wie der Schnee, der nun wieder fiel …

Und so ist es immer noch, wenn ich vor Tagesanbruch aufwache und der Tag langsam beginnt, die ersten Stimmen auf den Straßen und das Rattern von Karren und das Bellen von Hunden und später das Geschrei von Kindern, die zur Schule gehen, und dann ist die Luft voller Musik, und ich höre seine Stimme, und sein Gesicht ist vor mir. Er hat immer die Stirn gerunzelt, und er schaut mich durch seine Augengläser an, und ich spreche stumm mit ihm … Er ist da, mein Herr, er ist wirklich da, aber er sagt nichts und lächelt nicht, bis das Licht um mich herum stärker wird und die Schatten vertreibt und meine Kinder sich regen und murmeln, und ich muss vor meinem Gemahl aufstehen, denn es ist viel zu tun, und dann kann ich ihn für eine Weile vergessen, und auch Mama und Maria und Ignaz und Ferdinand und alle anderen … Aber manchmal geschieht es auch mitten am Tag, wenn ich allein und mit Waschen oder Kochen oder Putzen oder Nähen beschäftigt bin, dass sie plötzlich alle um mich sind und ich mich selber singen hören kann, und es ist viel lauter als der Lärm von der Straße und das Geschrei der Kinder, obwohl ich sehr leise singe, oder die Worte verlieren sich in den Lauten des Flehens, den Lauten des Sehnens, er und ich zusammen, und es hat keine Worte und ist nur in meinem Kopf und ist nur Musik … Dann höre ich meine Stimme, wie sie war, als ich noch ein Kind war: »Franz, wann kommst du wieder nach Hause?«, und ich weiß, dass ich die ganze Zeit geweint habe, und dann bin ich auch überwältigt vor Dankbarkeit, dass ich einen solchen Bruder hatte, und fange wieder an, glücklich zu sein … Und so war es auch, wenn ich mit Mama über Familienangelegenheiten sprach und die Erinnerungen aufstiegen wie Wolken und wir nicht wagten, über sie zu sprechen … Doch wenn wir seinen Namen sagten, dann lächelten wir, mein Herr, zuerst lächelten wir immer … Und jetzt ist es für Mama, für sie alle, dass ich trauere, keiner ohne den anderen …

Verzeihen Sie mir, mein Herr, dass ich so mit Ihnen spreche, wie ich noch mit niemand anderem gesprochen habe, denn keiner hat mich gefragt … Ach, wenn ich Ihnen nur sagen könnte, wie sehr ich ihn geliebt habe, denn nichts anderes ist angemessen, wie viele Socken er hatte, als er starb, und solche Sachen, die belanglos und *töricht* sind. Und so sagte es auch Spaun …

Nach zwei Tagen kamen die Sargträger, und ich stand in der Ecke, während sie ihm ein Einsiedlergewand anzogen und ein Lorbeergebinde um die Schläfen legten und ihn in den Sarg hoben, der schön bemalt war, und die Farbe war noch frisch. Die Träger hatten schöne, rote Mäntel mit weißen Lilien an den Ärmeln, und ich folgte ihnen die Treppe hinunter, die so schmal und gewunden war, dass sie den Sarg beinahe fallen gelassen hätten, und sie murmelten einander zu, ihn in die und in die Richtung zu rücken, und einmal fluchten sie. Am Fuß der Treppe fand ich eine Lilie, die heruntergefallen war. Ich hob sie auf und gab sie Ferdinands Frau, die die Augen schloss und ihren Duft einatmete und sie dann dem Träger zurückgab. Aber er war zu ungeduldig und legte sie aufs Fensterbrett. Und dort lag sie noch, als wir vom Begräbnis zurückkamen, aber die Blütenblätter waren bereits welk, und sie roch widerlich …

Draußen warteten andere, und sie bedeckten den Sarg mit einem Leichentuch, auf das ein in meinen Augen zu kleines Kreuz eingestickt war. Unter den Anwesenden erkannte ich Vaters Schüler, und zwei davon waren jüngere, die von Franz unterrichtet worden waren. Und einige trugen Flor an den Armen, obwohl Franz nicht verheiratet gewesen war. Als die Schüler den Sarg anhoben, verschwand die Sonne hinter einer schwarzen Wolke, und ein kalter Wind erhob sich, und es fing an zu regnen …

Von dort folgten wir dem Sarg zur Josephskirche in Margareten. Mehr als hundert Partezettel waren gedruckt worden, und andere gesellten sich dem Trauerzug hinzu, aber wir waren nicht sehr viele, weniger, viel weniger als bei Beethoven … Und einige waren da, die Franzens Musik noch nie gehört hatten und vielleicht bis heute nicht kennen. In der Kirche sang ein Chor Franzens *Pax Vobiscum,* begleitet von Blasinstrumenten. Die Worte stammten von Schober, den ich jetzt neben dem Sarg stehen sah, und seine Lippen bewegten sich zu dem Gesang, damit auch jeder merkte, dass er sie geschrieben hatte. Doch die Worte wurden erst durch die Musik schön, so dass wahre Trauer in ihnen zu liegen schien … dass er dem reinen Licht vermählt werde und sein Geist auf Erden schon göttlich gewesen sei und er auf unsere Tränen herabblicken und dem schwachen Menschenherz seine Tränen vergeben möge, und weitere Worte dergleichen, die ohne Musik nur die üblichen waren. Dann wurde eine Begräbnismotette gesungen, und der Leichnam wurde gesegnet, und wir folgten dem Sarg zur Kirche von Währing, und aus dem Regen wurde Graupel, so dass einige kehrtmachten und nach Hause gingen.

Vor der Kirche standen schon andere und auch viele Schulkinder in ihren besten Kleidern. Ein *Miserere* und andere Stücke wurden gesungen. Und so zogen wir auf den Friedhof, wo das offene Grab wartete. Es war drei Gräber von Beethoven entfernt, aber es gab keine Grabrede, und die Glocken, die bei ihm geläutet hatten, blieben stumm. Und wir schauten aus einiger Entfernung zu und hörten das Poltern der ersten Schaufeln Erde auf dem Sarg, das immer gedämpfter wurde, bis wir es nicht mehr hörten, dann schien die Sonne wieder durch den Regen, und ich suchte nach einem Regenbogen, fand aber keinen. Dann verabschiedeten wir uns von unseren Freunden, und nichts wurde gesprochen, und es war wie ein Traum, und ich dachte, Franz würde plötzlich neben uns erscheinen und uns fragen, warum wir hier so betrübt versammelt wären …

Und dann kehrte ich mit der ganzen Familie in Vaters Haus zurück, und dort wurde mit leisen Stimmen geredet, ich weiß jedoch nicht mehr, worüber. Und Vater war sehr standhaft und wollte seine Trauer nicht zeigen und sprach ein kurzes Gebet, in dem er Franzens Seele Gott empfahl, und es war nur Maria, die weinte ... Und Ferdinand sprach mit Vater über die Ausgaben, und Vater meinte, das müsse bis morgen warten. Dann sagte Ferdinands Frau, dass sie bald nach Hause müssten. Sie sagte nicht, dass ich mit ihnen kommen sollte, und als ich mir wieder Umhang und Haube anzog, dachte ich, Mama würde mich davon abhalten, aber sie berührte nur meine Wange und flüsterte, es wäre ihr lieber, der Cherub wäre hier und nicht in München ...

Und so ging ich mit ihnen, wie ich Ihnen bereits berichtet habe. Das ist alles, was ich Ihnen von dem Tag berichten kann, an dem Franz nur ein Begräbnis zweiter Klasse erhielt, das dennoch sehr teuer war. Als wir auf die Neue Wieden zurückkehrten, sagte Ferdinand zu seiner Frau, die Ausgaben müssten sehr schnell bezahlt werden, damit er ohne Verzögerung den Bericht für den Kaiserlichen Magistrat zusammenstellen könne. Aber er sagte auch, es gäbe noch weitere Lieder, die er bald an Haslinger verkaufen könnte, und er würde fünfhundert Gulden dafür erwarten können, und er würde auch Vater etwas davon abgeben. Und er sagte, dass auch die Miete an Schober noch gezahlt werden müsste, doch er hätte schöne Worte für die Feier geschrieben, und zumindest dafür müssten wir ihm dankbar sein. Inzwischen hatte es aufgehört zu regnen, aber am Horizont war der Himmel schwarz, und es war wieder keine Sonne zu sehen … Und so konnte ich, als ich allein in Franzens Zimmer ging, etwas tun, um Ferdinand zu helfen …

Mayrhofer schrieb ein Gedicht zu Franzens Tod, es steht in dem Buch, das ich Ihnen gezeigt habe. Es geht um ein Vögelein, das weit über das Meer zu Wärme und Sonne und duftenden Blumen fliegt, wo der Frühling nie endet … Und solche Worte, auch die von Mayrhofer, waren nichts ohne Franzens Musik … Ja, auch Bauernfeld schrieb ein kurzes Gedicht, an Moritz von Schwind gerichtet, in dem er sagte, dass ihre Freundschaft zu Franz lange andauern sollte, und das sehr hübsch geschrieben war. Später schickte er uns ein anderes Gedicht, das Vater uns vorlas, aber es war sehr lang, und ich konnte es nicht beurteilen. Als er starb, erhielt es Ferdinand, und ich glaube, jetzt hat es Theresia, und vielleicht zeigt sie es Ihnen, wenn Sie das nächste Mal in Wien sind … Ja, daraus trug er vor, als er uns besuchte …

Wenn Sie jetzt aufbrechen müssen, mein Herr … Wenn Sie wieder einmal nach Wien kommen sollten, können wir vielleicht gemeinsam sein Grab besuchen und Blumen darauflegen, und auch auf Beethovens … Ich sehe Sie gähnen, mein Herr … Es tut mir leid, ich wollte Sie nicht ermüden … Aber vor Ihnen hat noch niemand mich besucht, bin ich doch nur Mutter und Handarbeitslehrerin, was Mama mir beigebracht hat, die die Tochter eines Seidenhändlers war … Das habe ich Ihnen bereits gesagt …?

Es gab auch ein Requiem für ihn, kurz vor Weihnachten fand diese Messe statt, und dann ein privates Konzert im Januar am Vorabend von Franzens Geburtstag, um seinen Grabstein auf dem Währinger Friedhof bezahlen zu können, für den Grillparzer ein Gedicht schrieb und der erst zwei Jahre später aufgestellt wurde. Und die Hälfte des Geldes war für die Wohltätigkeit, denn Vater sagte, das wäre nur recht und billig, weil viele Menschen arm wären und sich keinen Grabstein leisten könnten. Die Fröhlich-Schwestern waren dabei und viele andere, und das Konzert wurde zwei Monate später noch einmal wiederholt. Und so geschah es, wie ich Ihnen erzählt habe, und seine Freunde schrieben über ihn, Spaun und Bauernfeld und Lachner und Mayrhofer und viele andere, und so wird es weitergehen, und man wird auch in England von ihm lesen, wenn seine Musik nicht vergessen wird …

Sie finden sie traurig, mein Herr? Ist es nicht immer mehr oder weniger so? Franz sagte einmal, es gibt keine glückliche Musik, oder er müsste sie erst noch hören …

Moritz von Schwind…? Ein Jahr nach Franzens Tod kam er nach Wien und ging mit Bauernfeld an sein Grab… Nein, mein Herr, uns besuchte er nicht, aber Mama sagte, er hätte viele Freunde und wäre ein Künstler und deshalb sehr beschäftigt…

Vielleicht haben Sie von Robert Schumann gehört, der ebenfalls Komponist war…? Vor vielen Jahren kam er Ferdinand besuchen, der uns sagte, er würde Franzens Musik sehr mögen und wäre erstaunt, dass noch so viel davon übrig war. Und das half Ferdinand, mehr davon zu verkaufen, und auch Felix Mendelssohn und Franz Liszt mochten sie, die vielleicht ebenfalls in England bekannt sind… Das sollten Sie Herrn Grove sagen, falls er nach Wien kommt… Jetzt fällt es mir wieder ein, ich habe gehört, dass Schumann bei Franzens Tod vor Trauer bis tief in die Nacht weinte und später schrieb, sein Name sollte nur nachts den Bäumen und Sternen zugeflüstert werden. Können Sie das glauben, mein Herr, oder halten Sie es für übertrieben und rührselig…? Sie sagen, dass Sie das natürlich nicht tun. Wie sollte es dann für jene sein, die ihn kannten? Und jetzt ist auch Schumann tot. Ich habe gehört, sein Geist wurde sehr verwirrt, und er wurde in eine Anstalt gesteckt, so dass mehr als zwei Jahre lang nicht einmal seine Frau ihn besuchen konnte, und als sie schließlich zwei Wochen vor seinem Tod kam, konnte er nicht mehr sprechen und kaum noch die Arme um sie legen… Ja, ich kenne ihren Namen. Wer nicht …? Auch daran mögen wir erkennen, was für ein Ort diese Welt ist …

Das Wetter ist wieder schlecht geworden, mein Herr, aber ich kann ein Kind nach einer Kutsche schicken … Nein, heute geht es mir gut … Es hat keine Umstände gemacht, und es war mir eine Ehre, Sie kennenzulernen … Wenn Sie wieder einmal nach Wien kommen … Nein, mein Herr, ich würde mich über Ihren Besuch sehr freuen, aber über Franz habe ich nichts mehr zu berichten, denn was ich Ihnen gesagt habe, ist mehr als genug, und wir werden nur Blumen kaufen und gemeinsam dorthin gehen …

Kein Mensch kann je wissen, wie sehr ich ihn geliebt habe … Ja, manchmal bin ich erfüllt von der größten Freude, obwohl sie beinahe überquillt vor Kummer, als könnte keine Freude ohne ihren Gegenpart sein, und alle Schönheit und alle Liebe müssten den Tod in sich tragen …

Sagen Sie Ihren Freunden einfach, sie sollen seine Musik spielen und seine Lieder singen, denn allein wegen seiner Musik soll man sich an ihn erinnern …

Sehen Sie, es hat aufgehört zu regnen, und die Sonne scheint wieder …

Ich wünsche Ihnen eine gute Reise, und möge Gott Sie beschützen …

Vielen Dank, dass Sie mir die ganze Zeit so geduldig zugehört haben … Es tut mir leid, dass ich kein Englisch spreche … Auf gar keinen Fall, mein Herr, Ihr Deutsch ist ausgezeichnet … *Doch bin ich, wie ich bin, und nimm mich nur hin …*

Es ist einfach nur so, dass ich ihn sehr geliebt habe, wirklich sehr, wie wir alle von unserer Familie, und er liebte uns, wie ich Ihnen gesagt habe … Da ist eine solche Sehnsucht, eine so unendliche Sehnsucht, als würde an ihrem anderen Ende die Zeit und ihre grässliche Schicksalshaftigkeit sich auflösen in beständiger Neuheit und Schönheit, als würde man wandern durch viele Landschaften in allen unterschiedlichen Wettern neben fließendem Wasser … Ach, ich sehne mich noch immer so sehr nach ihm …! Verzeihen Sie mir, verzeihen Sie mir …

Vielen Dank, mein Herr … Aber ich glaube nicht, dass ich England je besuchen werde, was, wie ich gehörte habe, ebenfalls ein Land mit vielen interessanten Orten ist … Vielleicht Wilhelmine, Pauline …

Ich sehe, Sie haben ein Geschenk für Ihre Frau gekauft … Dann für Ihre Verlobte … Dann … Wie hübsch es eingepackt ist…! Für mich, mein Herr…? Einen Augenblick, einen Augenblick… Für eine Handarbeitslehrerin habe ich sehr ungeschickte Finger…! Ah, aber…! Es ist eine goldene Vase, sie ist schön, so *wunderschön*… diese vielfarbigen Blumen darauf… und die Henkel wie Schlangen… Verstehe, verstehe, es sind Schwäne, goldene Schwäne… Ich weiß nicht, was ich sagen soll… Das wäre doch ganz und gar nicht nötig gewesen… In meinem ganzen Leben werde ich Ihnen dafür nicht danken können… Wir können uns solche schönen Dinge für unser Haus nicht leisten und werden sie alle sehr bewundern… Ich muss sie sofort meinen Kindern, meinem Gemahl zeigen…

Müssen Sie wirklich schon gehen…?

Sagen Sie nur, dass Sie mich kennengelernt haben, mein Herr, aber schreiben Sie nichts über das alles, denn woran man sich nicht richtig erinnert, kann man sich vielleicht so vorstellen, wie es geschehen sein könnte oder wie wir es uns gewünscht hätten, und es ist nicht verlässlich…

Im Leben fern, im Tode dein!
Und sanft brach Herz an Herz.

Sehen Sie, nun habe ich doch für Sie gesungen!

Schauen Sie nur, meine Kinder sind gekommen, um sich von Ihnen zu verabschieden, und sie werden es hübsch auf Englisch sagen …

Auf Wiedersehen … Es war mir eine große Ehre …

ANHANG

Zeitgenössische Biografien Schuberts beziehen sich zu einem großen Teil auf Otto Deutschs monumentales Werk *Schubert. Die Dokumente seines Lebens* (1964) und *Schubert. Die Erinnerungen seiner Freunde* (1957), die die Fakten seines Lebens bis ins kleinste Detail aufzeichnen. Deutsch weist ausdrücklich darauf hin, dass das, was Freunde und andere nach seinem Tod sagten, nicht immer verlässlich ist. Er war nur etwa eins siebenundfünfzig groß, kursichtig (aber nicht stark), litt häufig an Kopfschmerzen und ging sehr gern spazieren. Es gibt noch immer Diskussion darüber, in wen er verliebt war, ob er manchmal zu viel trank (er war starker Pfeifenraucher) und ob seine Todesursache Unterleibstyphus (die offizielle Ursache) oder, wahrscheinlicher, die Syphilis war, die er sich Ende 1822 oder Anfang 1823 zugezogen hatte, als er nach Hause zurückkehrte und einige Zeit im Wiener Allgemeinen Krankenhaus zubrachte. Eine andere Möglichkeit ist chronische Quecksilbervergiftung, die möglicherweise auch andere Familienmitglieder betroffen hat. Es könnte aber auch eine Mischung von all diesen Ursachen gewesen sein.

Schuberts Vater Franz Theodor (1763–1830) war ein frommer und hoch angesehener, vorstädtischer Schulmeister. Sein hohes Pflichtbewusstsein blieb nicht unbeachtet, und 1826 wurde ihm für seine langen Dienste als Lehrer und für seine wohltätige Arbeit mit Kindern aus armen Familien das Bürgerrecht der Stadt Wien verliehen. Er heiratete zweimal. Seine erste Frau Elisabeth (1756–1812) war Köchin und hatte fünfzehn Kinder. Ihr erstes Kind Franz war unehelich und starb mit zwei Wochen in einem Waisenhaus. Der Junge wurde später von seinem Vater aus dem Geburts- und Sterberegister getilgt. Ignaz (1785–1844) wurde weniger als zwei Monate nach der Eheschließung geboren. Er hatte einen Buckel. Die nächsten acht Kinder überlebten nicht. Auf sie folgten Ferdinand (1794–1859), Karl (1795–1855) und Franz. Ignaz und Ferdinand waren ebenfalls Lehrer, wie auch Schubert selbst zwischen 1814 und 1818. Ignaz heiratete, hatte aber keine Kinder. Ferdinand heiratete zweimal und hatte fünfundzwanzig Kinder, von denen zwölf überlebten. Es hieß, dass er sie, wenn er sie auf der Straße traf, manchmal nicht erkannte. Er veröffentlichte ein Buch für Kinder zur Verbesserung des Kopfrechnens. Karl war ein Künstler, den Franz seinen »zweifachen Bruder« nannte. Nach Elisabeths Tod heiratete Schuberts Vater Anna, die Tochter eines Seidenhändlers, die fast zwanzig Jahre jünger war als er. Bis auf eins überlebten alle ihre fünf Kinder: Maria (1814–1835), Josefa (1815–1861), Andreas (1823–1893), der Buchhalter war, und Anton (1826–1892), der Prediger wurde. Schuberts Vater überlebte Franz um weniger als achtzehn Monate. Anna starb am 25. Januar 1860.

Schubert starb im Alter von 31 Jahren und 9½ Monaten im Haus seines Bruders Ferdinand kurz nach drei Uhr am Nachmittag des 19. November 1828. Josef von Spaun besuchte ihn in seinen letzten Krankheitstagen und schrieb in seinen Notizen als Antwort an Ferdinand Luib, der Schuberts Biografie schreiben wollte: »Er war durch eine leibliche 13jährige Schwester, die er mir sehr lobte, auf das liebevollste gepflegt.« Das war Josefa. Er erwähnte sie nicht in seiner Todesanzeige, und die Notizen wurden komplett erst lange nach ihrem Tod im Mai 1861 veröffentlicht. In einem Brief an Schubert von Mitte Oktober 1818, während des ersten seiner zwei Besuche bei den Esterházys in Ungarn, schrieb Ferdinand: »Unser guter Vater sagte mir, dass sogar deinen kleinen Schwestern (Marie und Bebi) die Zeit schon lang wird, und täglich sich erkundigen: ›Wann kommt denn einmal der Franz?‹« Sein zweiter Besuch in Zseliz fand 1824 statt.

Von Schuberts vielen bemerkenswerten Freunden: Franz Ritter von Schober (1796–1882) starb in Dresden. Schubert wohnte bei ihm, als er sich die Syphilis zuzog und auch zu Beginn seiner letztendlich tödlichen Krankheit. Eine Zeitlang war er Liszts Sekretär. Deutsch schreibt: »1856 heiratete er den Blaustrumpf Thekla von Gumpert, die Schöpferin des bekannten ›Töchter-Albums‹, eines Jahrbuchs für Backfische. Die Ehe dauerte kaum vier Jahre, und ihr Verlauf ist gekennzeichnet durch den überlieferten Ausruf: ›Thekla, ich erwürge dich!‹« Am Ende lebte er alleine, umgeben von Möbeln, die er selbst entwarf, und einer großen Bibliothek, darunter auch ein Band seiner eigenen Gedichte. Er brachte es nie zustande, seine Erinnerungen an Schubert aufzuschreiben, vorgeblich aus einer »unüberwindlichen Fähigkeit zu schreiben ... die mich mein ganzes Leben bis zum Grade der Verzweiflung verfolgt hat«. Josef Kenner beschrieb ihn als »verführerisch liebenswürdig und genial«, wenn nicht sogar verrucht, und warf ihm vor, Schubert vom rechten Weg abgebracht zu haben. Mit dieser Ansicht war er nicht allein. »Rücksichtlich der Weiber«, schrieb Kenner, »war er gänzlich unbedenklich, da er nur zwei Arten kennengelernt hatte: solche, bei welchen er reüssierte und welche seiner also würdig waren, und solche, bei welchen das nicht der Fall war und welche also seiner nicht wert waren«. Bauernfeld nannte ihn den »höchst bedeutenden Schober« und sagte, er sei »uns allen im Geiste überlegen ... Doch ist manches an ihm gekünstelt ...« In einem Brief an Maurice Brown beschrieb Deutsch ihn als »üblen Kunden«. Aber Schubert hielt ihm bis zum Ende die Treue und sagte ihm einmal, er bedeute ihm mehr als jeder andere. Ihre Oper, *Alfonso und Estrella,* wurde erst 1854 auf Liszts Drängen hin in Weimar aufgeführt. Wenige Jahre vor seinem Tod beschrieb Schober sie als »elende, totgeborene Arbeit, die nicht einmal ein so großes Genie wie Schubert zum Leben erwecken konnte«. Liszt stimmte ihm zu. Seine Mutter starb drei Jahre nach Schubert.

Moritz von Schwind (1804–1871) lebte vorwiegend in Deutschland und wurde ein gefeierter Maler und Illustrator von Legenden und Märchen. Auch er war Schubert lange treu ergeben, doch in späteren Jahren zerstritt er sich mit ihm. Er war ein unverblümter Gegner Wagners, wie auch Bauernfeld. Er besuchte Schubert während seiner letzten Krankheit nicht, da er kurz zuvor Wien verlassen hatte, um in München zu studieren. Auch heiratete er Netti Hönig nicht. Was Schubert genau gedacht hatte, dass sie hinter seinem Rücken über ihn gesagt hätte, ist nicht bekannt, aber Schwind war deswegen sehr bekümmert. Er entwarf zwei bunte Glasfenster für die Kathedrale von Glasgow. Seine Orden und Auszeichnungen sind Legion, nicht zuletzt ist hier der Bayerische Verdienstorden zu nennen. Wer sich dafür interessiert und zufällig in Glasgow weilt, kann den Katalog zu den Fenstern von 1890 einsehen. Dort sind die Ehrungen detailreich aufgelistet.

Johann Mayrhofer (1787–1836) war staatlicher Zensor und stürzte sich während einer Choleraepidemie aus dem Fenster seines Büros. Nach dem Fall Warschaus 1831 hatte er schon einmal versucht, sich durch einen

Sprung in die Donau selbst zu töten. Er war nicht verheiratet. Schubert wohnte eine Weile bei ihm, wie auch bei Schwind. Schubert vertonte siebenundvierzig seiner Gedichte. Auch er besuchte Schubert während seiner letzten Krankheit nicht. Heutzutage würde man ihn als manisch-depressiv beschreiben.

Josef Kenner (1794–1868) war Dichter, Künstler und Bürokrat. Er stellte Schubert Schwind vor. Zwei Monate nach Schuberts Tod schrieb er: »... würde ich unbedenklich für Schubert gestorben sein. Der hätte etwas Einziges in seiner Art geleistet, während mein Tagewerk im Amte jedes Maschinenwesen fördern könnte.« In seinen vernichtenden Kommentaren über den »dämonischen« Schober sagte er, dass »in dieser ganzen Familie ... tiefe sittliche Verdorbenheit herrschte«.

Eduard von Bauernfeld (1802–1890) war ein produktiver Autor und Stückeschreiber, der Dickens und Shakespeare übersetzte. Er besuchte 1845 England und arbeitete unter Josef von Spaun bei der Lotterie. Er war nicht verheiratet. Schubert beendete nur eine Vorstudie zu seiner Oper *Der Graf von Gleichen* und vertonte fünf seiner Gedichte. Er war ein vollendeter Pianist. Er besuchte Schubert während seiner letzten Krankheit. Bis zu einem gewissen Punkt war er ein unverhüllter Gegner der »bedrückenden Trägheit« des Metternich-Regimes, und drei Jahre vor der Revolution 1848 gehörte er zu den Autoren einer Petition, die die Abschaffung der Zensur verlangte. »Für den Rest seines verzärtelten Lebens«, schreibt Ilsa Barea, »bewahrte er sich seine Rolle als genehmigter Unterhalter der guten Gesellschaft, doch von Zeit zu Zeit versuchte er, eine Lanze für das freie Denken zu brechen.«

Franz Grillparzer (1791–1872) war Österreichs berühmtester Dichter und Stückeschreiber und ein Freund von Beethoven. Er schrieb den Text zu *Ständchen* und war ebenfalls ein vehementer Gegner der Zensur. Er verliebte sich in Kathi, eine der vier talentierten Fröhlich-Schwestern. Eine Weile besuchte Schubert sie häufig, und niemand bewunderte ihn mehr. Zwischen 1822 und 1824 vernachlässigte er sie, bis Kathi ihn zufällig auf der Straße traf. »… als er mich gegrüßt«, sagte sie, »habe ich ihm einen bedeutsamen, strafend vorwurfsvollen Seitenblick zugeworfen. Er sah verlegen, geradezu schüchtern nach mir. Ich werde nie seinen schuldbewussten Blick auf mich vergessen. Er entschuldigte sich … Ich aber hielt mich geradezu verpflichtet, ihm eine Strafpredigt zu halten, dass sein Benehmen und seine Lebensweise keine lobenswerten seien …« Einige Tage später besuchte er sie, um seinen Fehler wiedergutzumachen. Grillparzers Liebe wurde erwidert, doch in seinem »Dauerzustand morbider Depression«, wie Einstein es nannte, konnte er sich nicht zu einer Heirat mit Kathi durchringen, sondern zog bei den Schwestern ein und erklärte, er liebe sie alle. Alle drei starben sehr betagt und blieben unverheiratet, wie auch Grillparzer. Sein Bruder brachte sich 1817 um.

Nach viel Überredung durch Schober erklärte sich Johann Vogl (1768–1840) nach einer herausragenden Karriere an der Wiener Hofoper zu einem Treffen mit Schubert bereit. Er war ein klassischer Gelehrter, Sprachwissenschaftler und ein wenig auch Mystiker. Seine Stimmlage war der hohe Bariton. Er wurde ein glühender Anhänger Schuberts, sowohl als Freund wie als Komponist. Sie verbrachten mehrere Urlaube zusammen in Steyr und an anderen Orten und trugen bei zahllosen Gelegenheiten seine Lieder vor. Nach Schuberts Tod sprach er von ihm als »Hellseher«, »Schlafwandler« und »natürlichem« Komponisten von »mäßiger Bildung«. Allgemein hieß es, Schubert wäre »kindlich«, »unkultiviert« gewesen, es hätte ihm an Schliff und gutem Benehmen gemangelt – eine Ansicht, der, neben anderen, Spaun und Bauernfeld heftig widersprachen. Im Alter von siebzig Jahren trug Vogl die *Winterreise* in einem Privathaus vor und rührte, wie Deutsch schreibt, die ganze Gesellschaft sehr.

Antonio Salieri (1750–1825) war Musikdirektor am Kaiserhof. Über vier Jahre lange unterrichtete er Schubert in Komposition, doch ein Freund beschrieb diesen Unterricht als oberflächlich und »sehr dürftig«. Er unterrichtete auch Beethoven und Liszt. Er missbilligte Schuberts

Bewunderung für Beethoven und deutsche Lieder, die er als »barbarisch und ungenießbar« betrachtete. Ein anderer Freund sagte, er sei »bereits zu alt und gehörte einer völlig anderen Schule und Kunstepoche an … Er war unfähig, einen Jugendlichen zu unterrichten, der von Beethovens Genie inspiriert und durchdrungen war.« Aber Schubert schätzte ihn sehr und sprach oft mit Dankbarkeit und Zuneigung über ihn. Man kann kaum übertreiben, wie sehr Schubert in seiner Schuld stand, nicht zuletzt in der Entwicklung seines frühen Genies als Liederkomponist. Angeblich spendierte er seinen Schülern Eiskreme aus einem nahen Limonadenkiosk und unterrichtete Musiker mit kleinem Einkommen kostenlos.

Über die Frauen, in die Schubert angeblich verliebt war: Therese Grob (1798–1875) sang mit sechzehn Jahren Sopran in Schuberts erster Messe in der Liechtentaler Pfarrkirche und heiratete einen Bäcker. Gräfin Karoline Esterházy (1805–1851) heiratete 1844 einen Soldaten, doch die Ehe wurde bald wieder annulliert. Die Fantasie in f-Moll für vier Hände, die Schubert mit Lachner sechs Monate vor seinem Tod Bauernfeld vorspielte, war ihr gewidmet. Angeblich hatte er gesagt, es sei sowieso alles ihr gewidmet. Sie scheint nie richtig erwachsen geworden zu seinen, und noch mit dreißig Jahren schickte ihre Mutter sie auf die Straße, damit sie mit ihrem Reifen spielen konnte. Möglicherweise hatte er eine Affäre mit Pepi Pöckelhofer gehabt, das Stubenmädchen in Zseliz, die er als »sehr hübsch und oft meine Gesellschafterin« beschrieb. Er stand auch in Verbindung mit der Tänzerin Gusti Grünwedel, über die Schober einem Journalisten erzählte, er habe Schubert zu überreden versucht, sie zu heiraten. Das, sagte Schober, habe Schubert zornesrot aus dem Zimmer stürzen lassen. Nach einer halben Stunde sei er still zurückgekehrt und habe später erzählt, er sei außer sich um die Peterskirche herumgerannt und habe sich immer wieder gesagt, dass ihm auf Erden kein Glück vergönnt sei. Schober erzählte diese Geschichte über vierzig Jahre später und fügte hinzu, Schubert habe sich dann vollkommen gehenlassen, habe die Vorstädte frequentiert und sich in Wirtshäusern herumgetrieben und sei so im Krankenhaus gelandet, in einem Zustand, der das Ergebnis seines extrem ausschweifenden sinnlichen Lebens und der Konsequenzen gewesen sei. Schober behauptete, dass auch andere Freunde dabei gewesen wären, doch außer ihm erwähnt niemand diesen Vorfall, und wenn man journalistische Freiheit einkalkuliert, kann man unmöglich herausfinden, was an dieser Geschichte wahr ist. Spaun schrieb, dass es in Schubert »keine Spur von Unmäßigkeit gegeben habe«. (Indizien für seine Homosexualität fehlen sowohl in der Realität wie in der Phantasie und, wie Andrew Porter gesagt hat, sind unwichtig außer in wilderen Gefilden einer schwulen Musikwissenschaft.)

Abgesehen von den Fröhlich-Schwestern hatte er viele Freundinnen und Bewunderinnen, vor allem die Schauspielerin Sophie Müller, die Sängerin an der Berliner Hofoper Anna Milder und die Pianistin Marie Pachler, von der Beethoven sagte, sie hätte das beste Verständnis seines Schaffens. Sie war im Sommer 1827 Schuberts Gastgeberin in Graz, als er sagte, er sei noch nie glücklicher gewesen.

Josef von Spaun (1788–1865) war zusammen mit Schubert Schüler am Kaiserlichen Konvikt. Er leitete das Orchester und gab Schubert Notenpapier, das er sich selber nicht leisten konnte. Er wurde zum Direktor der Lotterie. Da er das Glücksspiel missbilligte, kaufte er sich nie selbst ein Los, und es war eine Arbeit, die er hasste. Eine Weile arbeitete Bauernfeld unter ihm. Er schrieb ausführlich über Schubert, und Deutsch nennt ihn den besten und edelsten aller seiner Freunde. Die Klaviersonate in G-Dur ist ihm gewidmet. Er scheint sich vorwiegend Schubert zuliebe mit Schober abgefunden zu haben. Schober verliebte sich in Spauns Schwester Marie, aber ihre Mutter (die mit 78 Jahren bei einem Verkehrsunfall starb) verbot die Verbindung, weil Schober »nicht religiös« sei und sie nur unglücklich machen würde. Schubert vertonte eins von Spauns Gedichten. Mit »verzeihlicher und irreführender Übertreibung«, wie John Reed sagt, schrieb Spaun über Schubert und seine Freunde: »Wir waren die glücklichsten Menschen auf der ganzen Welt.«

Leopold Kupelwieser (1796–1862) wurde ein bekannter Porträt- und Kirchenmaler, der, neben anderen, die Kirche in Liechtental ausschmückte, in der Schuberts erste Messe aufgeführt wurde. 1836 wurde er zum Professor der Akademie der Künste ernannt.

Franz Lachner (1803–1890) war erster Kapellmeister am Kärntnertor-Theater und wurde später Generalmusikdirektor in München. Er besuchte Schubert während seiner letzten Krankheit.

Eduard Traweger wurde Rittmeister der Gendarmerie. Schubert und Vogl wohnten 1825 bei seiner Familie in Gmunden.

Ferdinand Sauter (1804–1854) war ein Ladengehilfe und wurde Versicherungsbeamter. Deutsch schreibt: Er »... starb als degeneriertes Genie, dem Trunke ergeben«.

Johann Senn (1795–1857) wurde im März 1820 im Verlauf einer Kampagne zum Schutz des Staates vor den »Gräueln des politischen Fanatismus« verhaftet. Schubert und Franz Bruchmann waren dabei, als seine Unterkunft gestürmt und er des »störrischen und insultanten Benehmens« beschuldigt wurde. In den vierzehn Monaten seines Verfahrens blieb er in Haft und wurde dann in sein Heimatland Tirol deportiert, wo er Anwaltsgehilfe, Soldat und Lehrer in einer Kadettenschule wurde. Schubert schrieb ihm, sah ihn aber nie wieder. Er vertonte zwei seiner Gedichte.

Franz Bruchmann (1798–1867) verlor seinen freidenkerischen, antikatholischen Eifer. Schubert meinte, er scheine sich der Herkömmlichkeit der Welt gebeugt und seinen revolutionären Nimbus verloren zu haben. Nur die fünf seiner Gedichte, die Schubert vertonte, sind veröffentlicht. Nach dem Tod seiner Frau im Kindbett 1830 trat er dem Redemptoristenorden bei. Zu seiner großen Verärgerung war seine Schwester Justina heimlich mit Schober verlobt. Die Freunde waren geteilter Meinung, Schubert und Schwind standen auf Schobers Seite. Am Tag von Schuberts Tod heiratete sie einen anderen und starb im Jahr darauf im Kindbett.

Viele Freunde und Bekannte schrieben über Schubert sowohl als Freund wie als Komponist, normalerweise mit der größten Zuneigung. Er war bescheiden, offenherzig und unfähig zur Bosheit, ohne Neid oder Verstellung, und er hasste falschen Prunk. So gesellig er in seinem weiten Freundeskreis war, so verlegen war er bei gesellschaftlichen und öffentlichen Ereignissen, und oberflächlicher Klatsch langweilte ihn schnell. In hohem Maße waren es die Schubertiaden, die seine Freunde zusammenbrachten. Doch oft erschien er an solchen Abenden gar nicht und entschuldigte sich später damit, er habe es vergessen. Bei der ersten Aufführrung seiner Operette *Die Zwillingsbrüder* im Jahr 1820 weigerte er sich, auf die Bühne zu gehen und den Applaus entgegenzunehmen, weil sein Rock so schäbig war. Spaun schrieb, er sei ein »freundlicher, großherziger Mann« und »es zierte ihn die schöne Eigenschaft, dass ihn die Erfolge anderer nie eifersüchtig machten; er freute sich über jedes Gelingen, und wenn sein schlimmster Feind etwas Schönes komponiert hätte, so würde er entzückt gewesen sein«. Nach Kathi Fröhlich waren »die Unschuld und Harmlosigkeit seines Gemütes … ganz unbeschreiblich«.

Beethoven lebte zu Schuberts Zeit in Wien und starb dort am 26. März 1827. 1839 veröffentlichte Schumann in seiner Leipziger Publikation *Neue Zeitschrift für Musik* einen Artikel von Ferdinand, in dem er prahlte, Schubert hätte Beethoven *öfter* getroffen. Das stimmte ganz einfach nicht. Tatsächlich sind sie sich mit ziemlicher Sicherheit niemals persönlich begegnet, obwohl Schubert ihn oft gesehen haben musste. Schubert bewunderte ihn sehr und sagte: »Wer kann nach Beethoven noch irgendetwas machen?« Auf seinem Totenbett zeigte man ihm etwa fünfzig von Schuberts Liedern, das Erste, was er von seiner Musik sah, und er lobte sie sehr und fügte hinzu: »Wahrlich, in dem Schubert wohnt ein göttlicher Funke.« Als Schubert dies erfuhr, machte ihn das wahrscheinlich so glücklich wie nichts sonst in seinem Leben. Er war einer der 36 Fackelträger bei Beethovens Begräbnis. Ob er zu denen gehörte, die ihn an seinem Totenbett besuchten, ist zweifelhaft.

Von seiner Familie bleibt nur noch zu sagen, dass sie ihn alle sehr liebten und er sie. Spaun schrieb, dass er »mit tiefer Zuneigung an ihnen allen hing«. Warum Josefa am Ende bei ihm war, um ihn zu pflegen, wird man wohl nie erfahren. Vielleicht bestand sie darauf. Vielleicht herrschte auch eine gewisse Angst vor Infektion, was Deutsch als Grund angab, warum Schober ihn nicht besuchte. In einem Artikel in *The Musical Times* über Schuberts zum Tod führende Krankheit sagt Eric Sams, das sei unfair und unbegründet. Schubert zog Ferdinand einmal wegen dessen Hypochondrie auf. Allgemein geht man inzwischen davon aus, dass seine Familie und Freunde glaubten, da er zuvor schon so oft krank gewesen war, würde er auch diesmal wieder genesen. Obwohl sein Vater gegen Ende wusste, dass er sterben würde, besuchten weder er noch seine Stiefmutter ihn. Und wie es scheint, auch Ignaz, Karl oder seine Schwester Theresia nicht.

Seine Leiche wurde zum ersten Mal 1863 aus wissenschaftlicher Neugier exhumiert, und dabei wurden auch weitere Locken von seinen Haaren abgeschnitten. 1887 wurde er wieder exhumiert (zusammen mit Beethoven), und der Anatom notierte penibel die Größe und Dicke seines Schädels und dass ein Zahn ausgefallen war. 1888 wurden die Leichen erneut exhumiert und auf dem neuen Zentralfriedhof bestattet. 1925 wurde aus dem Währinger Friedhof der Schubertpark, die beiden Ehrengrabmale sind dort noch immer zu sehen.

Ferdinand Luib schloss seine Schubert-Biografie nie ab. Das von ihm gesammelte Material – etwa fünfzigtausend Wörter aus 38 Quellen – wurde Kreissle übergeben, der sich seiner, mit kaum einem Wort der Anerkennung, in seiner Biografie Schuberts von 1865 bediente.

Edward Holmes, ein junger britischer Journalist, besuchte 1827 für zehn Tage Wien, um über das musikalische Leben der Stadt zu schreiben. Er beklagte den oberflächlichen Geschmack des Wiener Publikums und hörte kein Wort über Schubert, nicht einmal von Haslinger, dem Herausgeber mehrerer seiner Klavierstücke und einer Reihe seiner Lieder, darunter auch die *Winterreise*. Fünf Jahre nach Schuberts Tod schrieb ein französischer Gelehrter ebenfalls über die Musikszene in Wien, ohne ihn ein einziges Mal zu erwähnen. Schuberts Musik wurde auch weiterhin ignoriert – in einer, wie John Reed es nannte, »Verschwörung des Schweigens«. Die »Unvollendete« Sinfonie wurde 37 Jahre nach seinem Tod zum ersten Mal aufgeführt, und 1928 sagte Rachmaninow, damals 55, er habe nicht gewusst, dass Schubert überhaupt Klaviersonaten geschrieben hätte. Nur etwa ein Drittel seiner Werke wurde zu seinen Lebzeiten veröffentlicht, doch das ist irreführend, denn dazu gehörte nicht die große Mehrheit seiner Hauptwerke und nur ein knappes Drittel seiner über sechshundert Lieder. (Deutsch schätzte, dass seine Gesamteinkünfte nach Aufgabe des Lehrerberufs etwa 7600 Gulden betrugen. Er wohnte häufig mietfrei bei Freunden, und Essen und Trinken kosteten ihn etwa einen Gulden pro Tag.) George Grove besuchte Wien 1867 zusammen mit Arthur Sullivan, und bei diesem Besuch entdeckten und kopierten sie, unter anderem, die verschollenen Begleitungen und Bühnenanweisungen für *Rosamunde.*

Josefa heiratete zweimal. Von ihrem zweiten Ehemann Johann Bitthan, einem Lehrer an der Hauptschule des Städtischen Waisenhauses (jetzt ein Priesterseminar), hatte sie vier Kinder: Wilhelmine, Pauline, Hermann und Moritz, der offensichtlich bei der Geburt gestorben ist. Wilhelmine starb 1935 im Alter von 93 Jahren und korrespondierte mit Deutsch, vor allem über Ignaz' Klavierspiel. Ihre Mutter ist nirgends erwähnt.

DANKSAGUNG

Viele Menschen haben meine Fragen während der Entstehung dieses Buches mit unerschöpflicher Freundlichkeit beantwortet. Zu besonderem Dank verpflichtet bin ich den verstorbenen John Reed und Eric Sams und auch Raimund Hofbauer, einem Nachkommen Wilhelmines, der ihre Unterlagen zusammen mit einer Locke von Schuberts Haaren erbte und mit dessen Familie ich einen glücklichen Nachmittag in ihrem Haus in Kritzendorf verbrachte. Mein Dank geht auch an Peter Roberts für die Literaturrecherche, an Rosel Schwab von der Schubert-Gedenkstätte in Schloss Atzenbrugg, an Pater Gregor von der Servitenkirche in der Gemeinde Rossau und an Dr. Schusser vom Historischen Museum der Stadt Wien. Schließlich mein besonderer Dank an Evelyn, eine geborene Schubertianerin, für ihre geduldige Interpretation sowohl der Sprache wie der Musik.